Narziss und Schmollmund

Für Bruno, Paul und Luisa

*1
Chefvisite ! fuck you, warum muss der grad heute kommen, noch dazu an einem Montag, normal war mittwochs Chefvisite. Lauter neue Patienten, die sie alle nicht kannte, der Tag fing ja echt gut an. Verkatert und todmüde vom gestrigen Fortgehen konnte Kathi kaum die Augen offen halten. Geschweige denn, die genaue Krankengeschichte, Medikamente oder gar Blutbefunde wiedergeben. Egal, musste sie eben improvisieren und die scharfsinnig gestellten Diagnosen ihres Primars mit geweitet-bewunderndem Augenaufschlag bestaunen; ein Trick, der bei diesem widerlichen Narzissten zuverlässig funktionierte.

Trotzdem hieß es jetzt, zumindest im Kurzdurchlauf, Krankenkurven zu durchforsten, Blutbefunde auswendig lernen, um nicht völlig blank dazustehen. „Kathi, warum so verbissen ?, Steht dir gar nicht gut." Die bemüht lockere Meldung ihres nicht mehr ganz so bewunderten Oberarztes, Doktor Alfred Birnbacher, konnte sie in diesem Moment so gut brauchen, wie einen Pickel am Allerwertesten, den der eben erwähnte Kollege, im nachhinein bedauerlicherweise, ebenfalls näher kennenlernen hatte dürfen. „Bitte, lass mich in Ruhe, ich kann deine halblustigen Sprüche jetzt echt nicht brauchen, der Chef kommt in 10 Minuten zur Visite und ich kenn nicht mal die Namen der Patienten". „Er doch auch nicht, erfind einfach welche, chill down…" „Bitte, Alfred, nicht auf cool, dafür bist du um gut dreißig Jahre zu alt."
„Du hast ja wieder mal eine Laune, dass einer Sau graust, oder schlägt dein prämenstruelles Syndrom wieder durch?" Begeistert von seiner unübertrefflichen Schlagfertigkeit zog Oberarzt Birnbacher als

vermeintlicher Sieger des Wortduells fröhlich glucksend von dannen.

Gerade als Kathi die letzte Krankengeschichte in den Kurvenwagen zurückgesteckt hatte, hörte sie das allseits bekannte Klackern der genagelten Maßschuhe ihres Chefs, die sich unaufhaltsam in energischem Stakkato und voller Tatendrang näherten. Unmittelbar darauf folgte eine vorauswehende Duftwolke eines sehr bekannten, dafür nicht weniger aufdringlichen Männerduftes, worauf ein, in einem kaum nachkommenden, zur Seite wehenden, Ärztekittel gehüllter Sausewind um die Ecke bog und seinen eindrucksvollen Auftritt hatte. Offensichtlich bester Laune begrüßte er die versammelte Stationsmannschaft, „Wünsche allseits einen schönen guten Morgen. Frau Doktor Goldblum, dann werden wir mal ruck-zuck durch die Zimmer huschen, ich hab heute noch Tonnen an Terminen, mittags in der kollegialen Führung, nachmittags Ordination, abends…", dazu zwinkerte er ihr zweideutig zu, „…also, bitte nur das Nötigste." Fantastisch, manchmal meinte es das Schicksal gut mit Kathi, genau das Nötigste hatte sie gerade in ihr ausgezeichnetes Kurzzeitgedächtnis abgespeichert. Kokett fuhr sie sich durch ihr kurzes, blondes Haar, streckte sich die Ärmel ihres Ärztekittels in die Höhe und führte das versammelte Stationsteam ins erste Sechs-Betten-Krankenzimmer. Der Reihe nach aufgefädelt, mit dem Polster im Rücken, fügten sich die zu Krankengeschichten, Blutbefunden und Diagnosen chiffrierten Patienten ihrem Schicksal. Gebannt blickten sie auf die sich öffnende Türe und den hereinkommenden Tross der Belegschaft, den der Abteilungsvorstand mit energischem Schritt anführte. Rund um ihn scharwenzelten seine um Anerkennung buhlenden Ärzte, in knappem Abstand folgte die Psychologin, die das Schauspiel gelassen beobachtete, im Hintergrund hielten sich die mitschreibenden Krankenschwestern und der mit federndem Schritt aufrückende Physiotherapeut. Den Abschluss der Gruppe bildeten nachschleichende, gelangweilte Studenten, die mittels smartphone in ihren social networks nach kurzweiliger Ablenkung suchten und ihre abendlichen dates checkten.

„Guten Morgen, Frau Jovanovic, wie geht es ihnen heute?" Die angesprochene zarte, ältere Dame saß, die gelb gestreifte Bettdecke bis zum Kinn herangezogen, angespannt in ihrem Bett und nestelte nervös an ihrem dünnen Spitalsnachthemd. Am Nachtkästchen stand ein kleiner Transistorradio, der auf Radio Beograd 4 eingestellt war und leise slawische Folkloremusik von sich gab. Daneben lag eine mehrfach gelesene, dicke Muhammad Ali-Biografie, das obligate Wasserglas für die Zahnprothese und eine kleine, braun gestreifte Geldbörse, um beim täglich vorbeikommenden Zeitungsverkäufer die heutige Ausgabe bezahlen zu können.

Fein säuberlich hatte sich Frau Jovanovic für die Visite die Haare gekämmt, ein frisches Nachthemd angezogen, die Achseln und den Hals mit ihrem aus Lavendelextrakt hergestellten Duftwässerchen betupft und sich einige aufdringlich wachsende Barthaare gezupft. Gemeinsam mit ihrem Sohn hatte sie eine kurze Liste mit zu stellenden Fragen vorbereitet, brachte nun aber eingeschüchtert vom geballten, vor ihr aufgefädelten Krankenhauspersonal, aber noch mehr durch die beeindruckende Präsenz des fernsehbekannten Herrn Professors, auf die Frage nach ihrem Wohlbefinden nur noch ein zittriges „Guten Morgen, Frau Doktor Goldblum, eh schon viel besser" heraus. Die unmittelbare Gegenwart ihres Fernsehidols hatte sie völlig aus dem Konzept geworfen. Jeden Dienstag nachmittag verfolgte sie gebannt das österreichische Gesundheitsjournal „Rund und gsund" in ihrem kleinen Telefunken-Gerät. Zwischen Frühlingskulissen mit riesigen Obstkörben und prächtigen Blumengestecken dozierte der Professor über Krankheiten, deren Namen Frau Jovanovic niemals zuvor gehört hatte. Im hellen Sommeranzug gab er mit getragener Stimme und strahlendem Lächeln seine ausufernden Weisheiten zum Besten, wobei Frau Jovanovic nicht einmal die Hälfte der lateinischen Fachvokabeln verstand. Und trotzdem, was für ein Mann !; In der Tat ein Gott in Weiß, der alles wusste und nun im wirklichen Leben vor ihr stand, sie konnte es noch immer nicht fassen. Ein echter Fernsehstar, der wertvolle Sekunden seiner noch wertvolleren Zeit ganz alleine ihr widmete, wie hätte sie ihn da noch mit ihren gesundheitlichen Problemen belasten können. Lieber würde sie sich nach der Visite mit ihren Fragen an die entzückende Frau Doktor Goldblum wenden, die immer ein offenes Ohr für sie hatte.

Da sich Professor Max Bernhard in Wirklichkeit so gut wie gar nicht für die abheilende Lungenentzündung der blassen Frau Jovanovic interessierte, beziehungsweise mit solchen Nebensächlichkeiten nun aber schon gar nichts zu tun haben wollte, hielt sich die Zeit der Anspannung und Nervosität für Frau Jovanovic in engen zeitlichen Grenzen. Trotzdem nahm sich der Professor die Zeit für einen kleinen, anzüglichen Scherz:„ Ja, ja, da gäbe ich auch viel dafür, von Frau Doktor Goldblum von oben bis unten genau untersucht zu werden…" Bei der Angesprochenen konnte er damit nur ein gequältes Lächeln provozieren. Ganz im Gegensatz zur Stationsschwester Eva, die in ihr allseits bekanntes, schrilles Kichern verfiel und damit erstaunliche Reaktionen auslöste. Frau Jovanovic konnte sich beispielsweise von einem vor lauter Schreck ausgelösten Schluckauf erst im Laufe des Tages allmählich erholen.

In ganz ähnlichem Stil nahm die Chefvisite ihren Lauf, Professor Bernhard verabsäumte es auch im weiteren Verlauf nicht, Patienten in Anbetracht ihrer gänzlich unbedeutenden Existenz vor den Kopf zu stoßen und ließ sie sein vollkommenes, medizinisches Desinteresse schmerzhaft spüren. Nur die Mutigsten wagten, von vornherein aussichtslos, um seine Aufmerksamkeit zu buhlen, indem sie eine möglichst beeindruckende Palette an Symptomen präsentierten, die von ihm jedoch nicht einmal ignoriert wurde. Ganz im Gegensatz dazu, widmete er sich mit voller Konzentration und ungeteilter, menschlicher Anteilnahme jenen mit privater Zusatzversicherung ausgestatteten Patienten, deren medizinische Leistungen direkten Einfluss auf seinen Kontostand hatten. Honig ums Maul schmierend umschwenzelte er speicheltriefend die exklusiv von ihm betreuten Goldeselchen, „Liebste Frau Hofrat, verehrter Herr Professor h.c., nun machen sie sich einmal keine Sorgen, bei mir sind sie in besten Händen, ich und mein Team kümmern uns um alles. Vertrauen sie mir, ich lege meine Hand für ihre Heilung ins Feuer."

Katharina Goldblum hingegen war dankbar, wieder einmal ungeschoren davongekommen zu sein und ihre mangelnde Patientenkenntnis, aber auch ihre paralysierende Übernächtigkeit erfolgreich vor dem Primarius versteckt zu haben, beziehungsweise einem seiner berüchtigten Wutausbrüche entgangen zu sein.

Um zu verstehen, warum Kathi an diesem, aber auch an vielen anderen Tagen so erledigt war, müssen wir die Zeit um einige Stunden zurückdrehen und uns an Kathis Fersen heften.

*2
Schon als Mädchen hatte es Kathi geliebt, sich eigene, neue Welten zu kreieren. Welten, in denen sie zumeist in die Rolle der Prinzessin geschlüpft war und sich mit tüllverziertem Tanzröckchen und lilafarbenem paillettenversehenen Barbie-Oberteil geschmückt hatte. Anschließend hatte sie die Grenzen ihres Lippenrotes weit überschreitend rosa Lippenstift aufgetragen. Um ein unwillkommenes Hereinplatzen der Mutter zu vermeiden, hatte sie die Tür ihres Kinderzimmers verschlossen und begonnen am lebensgroßen Poster von Shakin` Stevens, einem Rockabilly-Teenie Idol der achtziger Jahre, erste Zungenküsse einzustudieren. Schon damals war sie mit der gewählten Rolle ganz eins geworden und innerlich mit der leidenschaftlich liebenden Prima-Ballerina verschmolzen.

Katharina Goldblum hatte ihre Leidenschaft, andere Rollen einzunehmen, beibehalten: ihre äußere Haut, gleich einem Schmetterling, abzustreifen und in Form einer neuen, gewagten Eigenkreation die Straßen Wiens unsicher zu machen. Gerade noch ehrgeizig aufstrebende, zierliche, sommersprossige Internistin mit kesser Stupsnase und tadellosem Auftreten, war sie heute Nacht „in Stimmung", um sich in eine Art männermordenden Vamp zu verwandeln, oder zumindest das, was sie darunter verstand. Wie immer legte sie allergrößten Wert auf ein perfektes Outfit und nahm sich alle Zeit der Welt, um sich auf den Abend vorzubereiten. Aufreizend, mit leichtem Hang zum Vulgären, schminkte sie sich perfekt, kaschierte ihr centgroßes Muttermal an der linken Schläfe, wählte violetten Glossy-Lippenbalsam, smokey-eyes und platinfarben betupfte Nagelspitzen. Dann vollendete sie ihr Aussehen mit einem figurbetonten Lederrock und superspitzen Geckolederstiefeln. Sie genoss es, durch die hormongeschwängerten, abendlichen Gässchen ihrer Stadt zu schlendern und die schmachtenden Blicke der vorbeihechelnden Männer beiläufig zu registrieren, sie jedoch umgekehrt zu ignorieren.

Kathi bewegte sich geschmeidig über die nicht gerade absatzfreundlichen Pflastersteine der sanft geschwungenen, lieblichen Griechengasse. Mehrere altertümlich anmutende Gaslaternen verliehen der Sommernacht heimelige Lichtkelche, in denen sich blutrünstige Gelsen auf ihre wehrlosen Opfer stürzten. Eine in halber Höhe angebrachte Kundmachung aus dem Jahr 1912 verkündete nach wie vor ihre warnende Botschaft: "Fussgeher, Achtung auf das Fuhrwerk! Schrittfahren! Schwerfuhrwerkskutscher haben die Pferde am Zügel zu führen oder eine erwachsene Begleitperson zur Warnung der Fussgänger voranzuschicken." Kathi, die ihr Leben lang noch keine Schwerfuhrwerkskutsche gesehen hatte, fragte sich dennoch kurz, wie diese mit Sicherheit behäbigen Fahrzeuge durch diese enge Gasse gekommen waren, um das sinnlose Gedankenspiel im nächsten Moment zur Seite zu schieben, als ihr ein Lokal ins Auge sprang, das sie niemals zuvor gesehen hatte. Das spontane Ziel ihres nächtlichen Streifzuges war eine heruntergekommene Clubbing-Location namens „extinct", was nicht zuviel versprochen war, da der Club seine besten Zeiten weit hinter sich gelassen hatte.

Ein mit John Lennon-Konterfei bekleideter, bis in die letzte Gehirnzelle zugekiffter DJ mit zugegebenermaßen eindrucksvollen Rasta-Locken spielte seine dumpf-stampfenden Beats, die völlig unbeantwortet im lieblos eingerichteten Raum verhallten. Eine in den siebziger Jahren vergessene Discokugel blitzte verzweifelt ihre Lichtreflexe durchs schummrige Zwielicht; ein abgestandener, modriger Alkohol-, Schweiß- und Nikotingeruch raubte jedem Hereinkommenden den Atem. Nur einige, wenige unverdrossene, großteils männliche Gäste lungerten gelangweilt an der mit zuckenden Neonblitzen versehenen Stehbar, um ihren Lebensfrust, ihren Kontostand oder was auch immer, mit hochprozentigen Spirituosen hinunterzuspülen. Dies änderte sich unmittelbar, als Kathi den Raum betrat, an die Bar ging und einen doppelten Gin-Tonic bestellte.

Kathi hätte kaum mit dem Finger schnippen können, da platzierte sich ein Mittvierziger vom Typ „biederer Bürohengst mit happy-family im mittels Schweizer-Franken Kredit finanzierten Einfamilienhaus sucht geile, zu allem bereite Jungstute" an ihrer Seite. Die äußerst originelle Einladung „Dich hab ich hier noch nie gesehen, darf ich dich auf einen Drink einladen?" schlug sie dankend aus, einen weiteren Nachsatz, wie „Weiß deine Ehefrau davon, dass du junge Frauen anbaggerst, um sie kurz darauf zu besteigen..?" verbot sie sich, um in keinerlei weiteres Gespräch verwickelt zu werden. Das war es ganz sicher nicht, wonach sie suchte. Wen sie wann, wo und wie fickte, war immer noch einzig und alleine ihre Entscheidung.

Gedankenversunken, ein Glas nach dem anderen leerend, ließ sie den zurückliegenden, überaus anstrengenden Spitalstag Revue passieren. Der gestrige Nachtdienst, in dem sie kaum zwei Stunden schlafen hatte können, der Stress ihrer Facharztausbildung, die nervige und trotzdem liebenswerte Stationsschwester Eva, aber auch ihr abwechselnd übergriffiger und cholerischer Chefarzt verloren zusehends ihre Wichtigkeit, indem sie in einem angenehmen Alkoholdusel versanken. Sie spürte sich zur Ruhe kommen, wobei sich ihre Gedanken angenehm entschleunigten und einen langsamen, träge dahinfließenden Strom bildeten. Im langsam aufkommenden Zweifel, ob der von ihr gewählte Ort, ihren Bedürfnissen entsprach, blickte sie kurz von ihren dahin schweifenden Gedanken auf. Völlig unerwartet traf sie ein gar nicht berauschter, intensiver Blick aus den nußbraunen Augen des im Takt der Musik wippenden DJs.

„Why not?", Neugierig geworden durch die soeben verspürte Intensität des zurückliegenden Augenblickes, warf sie ihm einen kühlen, abschätzigen Blick über die Schulter zu und verabschiedete sich auf die Toilette. Nicht wirklich überraschend dauerte es keine Minute und der Meister der Turntables folgte seinen Instinkten. „Du siehst echt heiß aus..." ,weiter kam er nicht; sanft legte Kathi ihren Zeigefinger auf seine gesprungen-trockenen Lippen, zischte ein leises „Pscht, nicht den Zauber des Momentes zerstören.." und zwinkerte ihm kess zu. Folgsam verstummte er und ließ den Dingen ihren Lauf.

Mit lässiger Selbstverständlichkeit knöpfte sie den Hosenbund seiner löchrigen Jeans auf, fingerte den offensichtlich ebenfalls bekifften Penis aus der nicht mehr taufrischen Unterhose und begann das noch schwächelnde Glied zunächst sanft und dann mit zunehmender Intensität zu massieren. Als sich schließlich doch seine geballte Manneskraft zu entfalten begann, erledigte sie den Rest mit ihren violett-glossy Lippen. Überraschend war für sie einzig und alleine die beträchtliche Spermamenge, die er in ihren Mund spritzte. „Er muss eine längere Dürreperiode hinter sich haben..., das Leben als DJ ist auch nicht mehr das, was es früher war", solche und ähnliche Gedanken drängten sich unwillkürlich in Kathis Gedankenwelt, bevor, von einem Moment auf den anderen, eine überwältigende Langeweile von ihr Besitz ergriff. Sein Drängen auf eine Fortsetzung des jämmerlichen Schauspiels beantwortete sie mit einem kurzen „muss leider dringend nach Hause mit meinem Hund Gassi gehen, sorry, vielleicht ein andermal".

An der Theke vorbeiwirbelnd, bezahlte sie ihre Zeche mit großzügigem Trinkgeld, allerdings auch mit einer nicht zu unterdrückenden, abschließenden Wortmeldung „Sie sollten ihren DJ auswechseln, er legt eindeutig zu wenig Wert auf Körperhygiene". Unter den schmachtenden Blicken der spärlichen Gäste verließ Kathi schwungvoll das grindige Lokal, und wäre sie etwas aufmerksamer gewesen, hätte sie ein wohlbekanntes Gesicht bemerkt, das ihr mit einigem Abstand folgte. Aber vermutlich war es auch besser so, da sie, wie man in Wien so schön sagt, ansonsten mit Sicherheit „der Schlag getroffen hätte".

Zu Hause angekommen, schlug sie ihr kleines, mit hellbraunem Leder gebundenes Büchlein auf, das ihr die Mutter zum dreizehnten Geburtstag als Tagebuch geschenkt hatte. Fein säuberlich notierte sie Datum, Uhrzeit, prägnante Männer-, beziehungsweise Penismerkmale mit kurzer Aktbeschreibung und abschließendem Punktesystem in das umfunktionierte Büchlein. Ihre Mutter wäre einigermaßen entsetzt gewesen, was für Kathi eigentlich auch keine Rolle mehr spielte. Wie zu erwarten, konnte der mäßig begnadete DJ keinen Spitzenrang erzielen, als einzig bemerkenswertes Detail notierte sie „geile Augen".

Im nächsten Moment stand Kathi unter ihrer geliebten hightech-Dusche und genoss den aus mehreren Düsen auf sie niederprasselnden, vitalisierenden Wasserstrahl. Im Nu hatte sie den Abend von ihrer Festplatte gelöscht und widmete sich in Gedanken und mit allem, was darauf folgte, dem einzigen Mann, mit dem sie sich wirklich eine Zukunft hatte vorstellen können. Sie liebte es, sich mit geschlossenen Augen zurückliegende sexuelle Erlebnisse mit Tom bis ins kleinste Detail auszumalen und landete heute auf der rot samtenen Couch im winzigen Vorraum der Burgtheaterloge, in der sie Tom vernascht hatte, nachdem er sie bei einer langweiligen Aufführung von Minna von Barnhelm an der Hand hinaus gezogen und die Vorhänge zum Theater halbherzig zugezogen hatte. Nachdem sich Kathi aufstöhnend zum Höhepunkt gestreichelt hatte, sank sie mit weichen Knien auf den Boden der Duschtasse, während der Wasserstrahl unverdrossen auf sie niederregnete. Gereinigt und mit einem Gefühl der Leichtigkeit stieg Kathi aus der Dusche, legte sich in ihr geliebtes Himmelbett und fiel unmittelbar darauf in einen tiefen, erholsamen und zum Glück traumlosen Schlaf.

*3
„Selbstzerstörerisch, zumindest selbst gefährdend, das muss ich ihnen als Medizinerin wohl nicht erklären, sie können es einfach nicht lassen. Aber schön langsam sollten wir uns der Wurzel ihres libidinösen Wahnsinns nähern, echt russisches Roulette…" Das war die äußerst strenge Reaktion von Kathis Therapeuten, Dr. Timothy Lenzbacher, als sie die vergangene Nacht bis ins kleinste Detail schilderte. Mit angedeutetem Kopfschütteln schwenkte der graumelierte, als Alt-68er seinen Lebenszenit bereits überschrittene Therapeut jedoch unmittelbar auf die Empathieschiene um. Mit nun betont warmherziger Stimme und einladend geöffneten Handflächen stellte er die Frage „Haben sie eine Idee, was ihre „Stimmung" diesmal ausgelöst haben könnte?", und lehnte sich, die Antwort scheinbar mit größtem Interesse erwartend, entspannt in seinem, an Sigmund Freud erinnernden , Lehnstuhl zurück.
„Hmm, schwer zu beschreiben, eigentlich wars eine Mischung aus Abenteuerlust und Lebenshunger, vermischt mit einer guten Portion Geilheit."
„Und sie finden definitiv keine andere, „ungefährlichere" Art, ihre Bedürfnisse zu stillen?", stellte Doktor Lenzbacher nun wieder vorwurfsvoll in den Raum, um mit gerunzelter Stirn der getadelten Klientin die Möglichkeit einzuräumen, ihre fatale Handlungsweise zu überdenken.

Nein, bitte nicht schon wieder diese lehrerhaften, unfassbar langweiligen Therapeutenrückfragen. In solchen Momenten wäre Kathi am liebsten aufgestanden, hätte diesem verkorksten Doktor Freud sein eigentlich weit überhöhtes Honorar auf den Tisch geknallt und wäre mit fliegenden Fahnen auf Nimmerwiedersehen abgerauscht. Allerdings dachte sie im gleichen Moment auch an ihre besorgte, liebevolle Mutter, die ihr die Psychotherapie dringend empfohlen hatte, als sie, nach der schmerzhaften Trennung von Tom, den Boden unter den Füßen verloren hatte und in einem einzigen Strudel der Verzweiflung ihr Leben nicht mehr in den Griff bekam. Ihre beste Freundin Caro verlor in Anbetracht der ständig wiederkehrenden Liebesklagen schlussendlich die Geduld und zog sich überfordert zurück, sodass ihr in dieser schmerzhaften Lebensphase Doktor Lenzbacher als einziger stützend zur Seite stand. Langsam, ganz langsam, hatte sie die Trennung zu verkraften begonnen und der wilde, das Leben zu einer einzigen trüben Suppe machende Verlustschmerz hatte einem lauen, noch immer spürbaren Trauergefühl Platz gemacht. Insofern musste sie sich eingestehen, dass die Psychotherapie im Sinne einer Beschwerdelinderung einen gewissen Nutzen brachte. Also, weiter im Text…

„So direkt gefragt, fallen mir unmittelbar keine anderen ein...", war die flapsige Antwort von Kathi. „Na ja, dann lassen sie mich anders fragen: Welche Sehnsucht, mit Ausnahme des fraglichen sexuellen Gewinns, denken sie, könnten sie in diesen Nächten antreiben?" „Herr Doktor Lenzbacher, genau um diese Frage zu klären, bin ich zu ihnen gekommen; und, bei aller Bescheidenheit, alles, was ihnen dazu einfällt, ist, die Frage an mich zurückzustellen?" „Ich sehe schon, da kommen wir heute nicht wirklich weiter. Ich denke, dass wir zum Schluss noch eine kleine Imaginationsübung machen und den Inhalt bei unserer nächsten Sitzung analysieren, nachdem sie, wie immer, zu Hause ihr vorgestelltes Bild mit einer Zeichnung festhalten."

Nach einer kurzen Entspannungsphase mit vertiefter Atmung, innerer Einkehr und aktivem Abwenden von der belastenden Außenwelt forderte sie Dr. Lenzbacher auf, sich eine Situation vorzustellen, in der sie sich absolut geborgen fühlte. Kathi genoss es jedes Mal, sich, ohne wenn und aber, in die imaginierten Bilder fallen zu lassen und ohne Rücksicht auf Verluste, in die inneren Welten abzutauchen. Nahezu sofort tauchte das angeforderte Bild vor Kathis innerem Auge auf. Sie befand sich in einer mit wunderbar weichem Moos bewachsenen Mulde am Fuße eines alten, mächtigen Lindenbaumes, durch den ein sanfter Sommerwind pfiff und die bewegten Äste ihr leise knarrendes Lied sangen. Das durchdringende Zirpen der allgegenwärtigen Grillen beruhigte sie auf zauberhafte Art und Weise und mit einem Mal war sie in Verbindung mit dem betörenden Geruch der frisch gemähten Wiese wieder eins mit sich und ihrer Umwelt. Kathi hätte ewig an ihrem Plätzchen verweilen können, bis sie der Therapeut behutsam aus ihren Träumen zurückholte und die Imagination beendete.

Nach dem Wiedererwachen konnte sie sich überhaupt nicht erklären, wie sie so widerborstig und verbohrt gewesen sein konnte, ganz zu schweigen davon, die Psychotherapie insgesamt in Frage zu stellen. Die abschließende Bezahlung fiel ihr somit auch wesentlich leichter und geradezu euphorisch zog sie von dannen. Ganz kurz beschäftigte sie noch die Frage, wie Herr Doktor Lenzbacher eigentlich mit der Unmenge an intimen Details ihrerseits umging, wischte diese lästigen

Gedanken allerdings im nächsten Moment aus ihrem Bewusstsein. Einigermaßen überrascht wäre sie jedoch mit Sicherheit gewesen, hätte sie erfahren, dass Herr Doktor Lenzbacher noch am gleichen Abend seine holde Lebensabschnittspartnerin in eine miese Spelunke mit grenzwertiger volksmusikalischer Beschallung ausführte und nach kurzer, belangloser Unterhaltung zum Ziel seines Ausfluges kam und sich auf der mit Sicherheit grindigsten Toilette der Stadt oral befriedigen ließ. Ob und was sich seine Partnerin dabei dachte, sei dahingestellt, sie war auf jeden Fall seit einiger Zeit mit ausgefallenen, sexuellen Wünschen ihres Partners konfrontiert und begann sich zunehmend Sorgen um den Bestand ihrer Beziehung zu machen.

*4
Die Sonne kitzelte sanft die wohlgeformte männliche Nase. Er liebte es, sich in der Sonne zu aalen und seinem bronzefarbenen Körperteint einen weiteren Braunton hinzuzufügen. Zufrieden strich er sich über den im Fitness-Studio gestählten Traumkörper. Ein Mann im besten Alter, mit allem, was man haben konnte: Markantmännliches Profil, selbstsicheres, gewandtes Auftreten, perfekte Manieren und einen Kleiderschrank, der jede Frau vor Neid erblassen ließ. Rein äußerlich konnte man dem Arzt in Führungsposition nichts vorwerfen, er wäre in einer der vielen online-Partnervermittlungen mit allergrößter Sicherheit der absolute shooting star. Einzig und alleine, ein willentlich nicht zu unterdrückender Tic mit einem Stress assoziierten Zucken des rechten Mundwinkels trübte das nahezu perfekte Erscheinungsbild. Seine inzwischen, Tausend Rosen!, Ex-Frau hatte sich mehrfach deswegen über ihn mokiert und eine Zeitlang hatte er mit verschiedenen Psychotricks, von Biofeedback Therapie bis zu ausgeklügelten Belohnungssystemen, versucht, sich seines vermeintlich letzten Makels zu entledigen. In belastenden Situationen jedoch, verlor er nach wie vor jegliche Kontrolle über seine kleine, hartnäckige Macke und hatte es inzwischen aufgegeben, dagegen anzukämpfen.

Da lag er, Universitäts-Professor Doktor Max Bernhard, anerkannter Spezialist mit internationaler Reputation in Sachen Blutgerinnung, Vorstand einer mittelgroßen internen Abteilung und genoss die pralle Nachmittagssonne auf der Terrasse seiner schicken Dachterrassenwohnung, schlürfte eisgekühlte Drinks und genoss

Chopinetüden auf seinem mp3-player. Alles wäre perfekt gewesen, wenn nicht plötzlich, dafür umso unmittelbarer, das Bild seiner jungen, hübschen Assistenzärztin, die sich am Penis eines bekifften DJs vergnügt, vor seinem inneren Auge aufgetaucht wäre. Verdammt, diese kleine, geile Schlampe, ihn hatte sie mehrfach und völlig kompromisslos abblitzen lassen, sogar mit einer Meldung bei der Kommission für sexuelle Belästigung bedroht und diesem kleinen, verpissten DJ drängte sie sich geradezu auf. Das sollte einer verstehen. Er war sicher, dass auch sein langweiliger Oberarzt Doktor Birnbacher bei ihr zum Zug gekommen war. Er konnte es förmlich riechen, wenn sie in der Morgenbesprechung vertraulich miteinander tuschelten. Er verstand die Welt nicht mehr, wie konnte sie auf der anderen Seite einen Mann, wie ihn, zurückweisen, da sollte mal einer schlau draus werden. Egal, selten zuvor hatte ihn eine Situation derart stimuliert, wie die gestern beobachtete. Tagelang hatte er seiner Assistenzärztin nachspioniert, bis schließlich der schon nicht mehr erhoffte Glücksfall eingetreten war.

Gleich einem 00-Geheimagenten hatte er sie in die miese Spelunke verfolgt und rechtzeitig auf der Toilette mit leicht geöffnetem Türspalt seinen Platz eingenommen. Wie auf Befehl war sie mit diesem Penner erschienen und hatte diesem eine kurze, dafür umso befreiendere Entlastung verschafft. Alles hätte er dafür gegeben, an seine Stelle zu treten, aber immerhin hatte er ein paar gestochen scharfe Bilder mit seinem smartphone aufgenommen und unmittelbar nach seiner Heimkehr auf seinen PC überspielt. Auf seinem high-end-multimedia-Computer hatte er eine Unmenge erotischer Videos und Aufnahmen gespeichert, die er mittels sorgfältig gestalteter Ordner und ausgeklügeltem Beschriftungssystem jederzeit auf seinem extragroßem 3D-Monitor genießen konnte. Zumindest virtuell war dieses widerborstige Wesen somit jederzeit abrufbar, bis zu dem Tag, an dem seine Vorstellungen Realität werden würden. Er konnte es kaum erwarten.

Unmittelbar im Anschluss an das kurze Intermezzo im "extinct" war Professor Bernhard in seinem nagelneuen, schwarzen 400-PS-SUV bei seiner Lieblingsnutte im zweiten Wiener Gemeindebezirk vorgefahren. Die zierliche Polin Katarzyna, ausgestattet mit einer beträchtlichen Oberweite, die sie mit entsprechenden accessoires zu betonen wusste, hieß ihn in ihrem billigen „love-studio" willkommen. Sie musste seinen akkuraten Regieanweisungen genauestens Folge leisten und die soeben erlebte Situation bis ins kleinste Detail nachspielen. Während sie die Rolle Kathis einnahm und seinen Penis mit ihrem grellrot geschminkten Mund umschloss, packte er ihren zusammengebundenen Haarzopf und bestimmte mit roher Gewalt das Tempo ihrer Liebkosungen, bis er mit zusammengebissenen Zähnen ein leises „Oh, Kathi, du kleine, geile Schlampe" zwischen seinen Lippen hervor presste, was die Prostituierte irrtümlicherweise auf sich bezog, aber nicht weiter schlimm nahm. Nachdem der Professor bezahlt hatte und abgerauscht war, bekam er auch am Heimweg die Bilder seiner jungen Untergebenen nicht aus dem Kopf. Verdammt, wie gerne wäre er anstelle dieses kleinen abgefuckten Wichsers gewesen. Aber seis drum, irgendwann würde er sie kriegen und dann konnte sie sich auf etwas gefasst machen.

*5
Langsam fuhr sie sich mit ihrer kleinen Holzbürste durchs struppige haselnussbraune Haar. Sie benützte es als Ritual, um zur Ruhe zu kommen und ihre Gedanken zu ordnen. Diplomkrankenschwester Eva Herrmann hätte sich verfluchen können, wie konnte sie noch, wie soeben, über seine plumpen, anzüglichen Scherze lachen. Noch dazu über einen Scherz, der nicht einmal ihr gegolten hatte. Verdammt, Primarius Bernhard war wirklich das größte Arschloch auf Gottes Erden, das ihr fatalerweise in ihrem kurzen Krankenschwesternleben über den Weg gelaufen war.

Trotzdem hatte sie ihn geliebt und ein kleiner Teil von ihr tat es vermutlich noch immer. Einige Monate waren sie zusammen gewesen und diese glückliche Zeit wollte sie im Goldkästchen ihrer Erinnerung für alle Zeiten aufbewahren. Zum ersten Mal in ihrem Leben hatte ihr ein Mann von Welt mit allem Brimborium den Hof gemacht und sie mit allen Tricks umworben, um sie schließlich auf Händen über die Türschwelle nach Hause zu tragen. Er hatte Eva durch sein höflich-gewandtes Auftreten und permanente Aufmerksamkeiten das Gefühl gegeben, im Mittelpunkt seines Lebens zu thronen. Tägliche Geschenke und Komplimente hatten sie schwach werden und seinem Drängen nachgeben lassen. Zugegebenermaßen hatte sie anfänglich gröbere Bedenken gehabt, einerseits aufgrund seines im Vergleich zu ihr fortgeschrittenen Alters, andererseits, weil sie eine Verstrickung von Arbeit und Privatleben ansonsten grundsätzlich mied. Nichtsdestotrotz warf sie diese Bedenken schließlich über Bord und verliebte sich Hals über Kopf in ihren Primarius. Sie genoss die

Zuckerseiten des Lebens an der Seite eines allseits bewunderten, aber auch gefürchteten Mannes; ließ sich zum Ärzteball chauffieren, saß in der Präsidentenloge der Wiener Staatsoper und vertrieb sich Small-Talk-führend, Cocktail-schlürfend die Zeit in der Lounge des feinsten Golfclubs der Stadt, während Max die Schläger schwang. Dass es da noch eine Ehefrau im Hintergrund gab, wusste sie zwar, drängte dieses Wissen jedoch konsequent und erfolgreich in den Hintergrund. Außerdem versicherte ihr Max mehrfach, dass diese Ehe nur mehr auf dem Papier existiere und die Scheidung nur mehr eine Frage der Zeit sei.

Als er eines Abends geknickt davon erzählte, dass sich seine Ehefrau von ihm trennen wolle, weil sie unzählige SMSen verflossener Liebschaften entdeckt hatte, die er vermutlich als Erinnerung, oder vielleicht auch als Trophäen, archiviert hatte, wunderte sich Eva zunächst doch etwas, dass die Trennungsinitiative von seiner Frau auszugehen schien, zerbrach sich jedoch nicht länger den Kopf und schien ihr Ziel erreicht zu haben. Frau Professor Bernhard, der leuchtende Stern der Wiener Society an der Seite der medizinischen Koryphäe.

Dann kam im letzten Jahr die verhängnisvolle Stationsweihnachtsfeier, als sie sich, ihrer Meinung nach, berechtigte Hoffnungen machte, offiziell als Partnerin von Herrn Professor Bernhard vorgestellt, wahrgenommen und in weiterer Folge akzeptiert zu werden. Sie hatte sich stundenlang beim Friseur und Visagisten auf diesen alles entscheidenden Abend vorbereitet, sich ein sündhaft teures Designerkleid geleistet und im Kopf alle denkbaren Szenarien durchgespielt, nur um, dort angekommen, eine herbe Enttäuschung zu erleben. Die mittels Tischkärtchen zugewiesenen Plätze platzierten sie neben Oberarzt Birnbacher, gegen den sie grundsätzlich nichts einzuwenden hatte, allerdings reichte ihr der tägliche Spitalsalltag mit ihm. Stattdessen die Ehefrau des Oberarztes an der Seite ihres Liebhabers angeregt plaudern zu sehen, erfüllte sie mit einem beträchtlichen Maß Eifersucht. Kein einziges Wort richtete Max im Verlauf des Abends an Eva, kein einziger Blick hätte sie als Liebespaar entlarven können, stattdessen erhielt sie auf dem einsamen Nachhauseweg ein kurzes SMS: „Hab mir alles noch mal in Ruhe durch den Kopf gehen lassen, wir hatten eine wunderschöne Zeit, aber definitiv keine gemeinsame Zukunft, du verdienst einen besseren, jüngeren Mann, lebe wohl, eine kleine letzte Bitte, ich wäre dir sehr verbunden, wenn wir die ganze Chose vertraulich behandeln und auf große Szenen verzichten könnten, vielleicht sollte wir uns auch wieder siezen, auf eine gute gemeinsame weitere Zusammenarbeit, Primarius Bernhard."

Nichts nützte ihr Bitten und Betteln. Tage-, wochenlang hatte sie ihn bestürmt, bekniet, verzweifelt beschimpft. Fast hatte sie den Eindruck, dass er es genoss, sie vor sich am Boden kauernd zu sehen, ihre winselnden Bitten um Erklärung, genauso wie ihre tränenerstickten Liebeserklärungen zu ignorieren, und sie immer wieder eiskalt zurückzuweisen. Nie zuvor und danach hatte sie einen derart gefühlskalten Menschen erlebt. Bis heute konnte sie nicht verstehen, warum sein abrupter Stimmungswechsel aufgetreten war. Offensichtlich war es für ihn nur ein Spiel gewesen; ein Spiel, das er vermutlich schon öfter gespielt hatte und weiter spielen würde. Für sie war es ganz und gar kein Spiel gewesen, es blieb eine einzige große, blutende Wunde zurück, von der sie sich nur langsam erholte und deren hässliche Narbe sie ihr Leben lang begleiten würde.

Nichts anmerken lassen. Vor allem im Krankenhaus durfte niemand ihr desaströses Innenleben wahrnehmen. Eva hatte schon mehrfach erlebt, was schwächelnden Führungspersonen im Spital drohte. Innerhalb kürzester Zeit würde man leidenschaftlich an ihrem Sessel sägen. Sie wusste, dass sie die geordnete Struktur des Stationsalltags zur Zeit wie einen Bissen Brot brauchte. Alleine die tägliche Ablenkung im Bienenhaus des Krankenhauses erschien ihr wie Balsam auf der Seele. Eva bürstete weiter ihr inzwischen perfekt frisiertes Haar; die über die Kopfhaut streichenden Borsten hatten ihr Gemüt auf zauberhafte Weise beruhigt.
Eines hatte sie von ihrer Mutter mitbekommen: „Steh auf, wenn du am Boden liegst." Und genau das wollte sie jetzt tun. Niemand, vor allem niemand aus ihrem Schwesternteam, sollte ihre tiefe Wunde erkennen, und dafür war vielleicht auch einmal ein Kichern eine mögliche Option.

*6
„Nr. 248, 4.5.2012, 21.30h, Typ Geschäftsmann, kräftig, leicht nach oben gekrümmt, schneller, heftiger Fick auf Parkbank im Pötzleinsdorfer Schloßpark, nicht übel, ***". Kathi verschnürte ihr kleines Lederbüchlein und beschloss den Abend gemütlich vor dem Fernseher mit einer großen Tasse Chai Latte und einer Familienpackung Chili-Chips ausklingen zu lassen. Großartigerweise spielte es heute ihre absolute Lieblingsserie „Dr. House", von der sie noch keine einzige Folge versäumt hatte.

*7
„Verdammt nochmal, warum musste der alte Greis ausgerechnet jetzt, wenn er noch genau eine Viertelstunde für die Ambulanz zuständig war, mit der Rettung wegen starker Brustschmerzen hereinschneien? Und wo war überhaupt der Turnusarzt, alles musste er selbst machen,…" Herr Oberarzt Alfred Birnbacher fuhr sich mit kurzen, hektischen Bewegungen durchs schüttere Haupthaar und rückte seine goldberandete Brille, die er seit seiner Studienzeit trug, zurecht. Um schneller aus dem Spital abzischen zu können, hatte er bereits sein abgetragenes Privatgewand angezogen und als letztes berufliches Erkennungsmerkmal den Ärztekittel über die Schultern geworfen. Er versuchte die Contenance zu behalten und eine geordnete Krankengeschichte zu erheben, „Und wann genau sind die Beschwerden aufgetreten?"

Mit schwacher Stimme ergriff der ausgemergelte Achtzigjährige die einmalige Gelegenheit, seine Beschwerden und alles, für ihn relevant Dazugehörige, einem konzentriert lauschenden Arzt darzustellen. Leise flüsterte er aus seinem viel zu großen Bett zum freundlichen Gegenüber: „Herr Doktor, das war so, heute früh nach dem Aufstehen bin ich, wie jeden Tag, zum Greißler gegangen, um ein Viertel Butter, einen Liter Milch und zwei helle Semmerln, eine für meine Hilde, eine für mich, zu holen. Schon am Weg hab ich bemerkt, dass mit mir etwas nicht stimmt, irgendwie war mir so schwindlig und ich musste ständig Pausen einlegen. Der Herr Horvath, der Greißler, hat mich schon gefragt, ob ich krank würde, weil ich so blass sei und ob er mir die Sachen nach Hause tragen soll. Natürlich hab` ich abgelehnt, aber am Weg zurück hat der stechende Schmerz in meiner Brust begonnen. Ich hab` mir zuerst nicht viel gedacht, aber meine Hilde hat sich gleich große Sorgen gemacht. Zu Mittag hab` ichs dann kaum noch derschnauft und wir, beziehungsweise meine Hilde, hat die Rettung verständigt."

Oh Gott, wie sollte er dieses elende Geschwafel noch weiter ertragen. Oberarzt Birnbacher saß wie auf Nesseln. Schon vor einer halben Stunde hatte er sich mit seiner Frau in der Stadt verabredet und so wie es jetzt aussah, würde er auch die nächste Stunde nicht wegkommen. Sonja Birnbacher hatte auf mehr gemeinsamer Zeit, sprich quality time, bestanden und er hatte, kurz gesagt, einiges gutzumachen. Die kurze, heftige Geschichte mit Kathi hätte ihn fast seine ohnehin leidgeprüfte Ehe gekostet. Dabei war es für beide eher beiläufig und mit Sicherheit ungeplant passiert. Ein langer, gemeinsamer Nachtdienst mit einer unsinnigen Anzahl von heruntergelassenen Kaffeetassen, ein schwer lungenkranker Patient mit einer komplizierten Infektion, Nachwälzen entsprechender Literatur im Internet und dicken Fachbüchern, nach Beruhigung der medizinischen Situation ein zunehmend vertrauter werdendes Gespräch im Dienstzimmer. Und plötzlich war es da, eine unausgesproche Übereinkunft, sich näher zu kommen, der zunehmend heftiger werdende Austausch von Zärtlichkeiten, schließlich ein überstürzter Liebesakt im ramponiert quietschenden Dienstbett, der beide erschöpft mit einem unangenehmen Nachgeschmack zurückließ.

Alfred entschloss sich schon am nächsten Tag, seinem unbändig schlechtem Gewissen folgend, Sonja seinen

Fehltritt zu gestehen. Er hätte ihr mit Sicherheit nicht mehr in die Augen sehen können und letztendlich hatte das Ganze für ihn auch eine positive Konsequenz. Nachdem sie sich zuletzt zunehmend voneinander entfernt hatten und jeder seiner Wege gegangen war, hatten sie einige längere Gespräche geführt und er gab sich große Mühe, seinen Fehler wieder gut zu machen. Bei dem für heute vereinbarten Stadtbummel hätte er die Gelegenheit genützt, ihr nach einem Besuch in ihrer Lieblingsboutique seine nach wie vor brennende Liebe zu gestehen.

Und überhaupt, wo war Kathi Goldblum, wenn man sie einmal brauchte. Ihre Abwesenheiten, sowohl körperlich, als auch geistig, häuften sich in letzter Zeit. Das konnte er als erster Oberarzt nicht zulassen, vor allem nicht, wenn es seinen Interessen konträr zuwiderlief. Er hätte ihr umgehend den lästigen Patienten geturft, um sich schnellstens zu verziehen. So aber musste er ermüdende, anamnestische Gespräche führen, die entsprechenden Untersuchungen anordnen, und nach Eintreffen der Ergebnisse entsprechende Maßnahmen einleiten, und das kostete eine Unmenge an Zeit. Als krönenden Abschluss konnte er sich dann zu Hause mit seiner übelgelaunten Gattin auseinandersetzen und sie auf einen anderen Stadtbummeltag vertrösten. Verdammte Scheiße, warum hatte er keinen anderen Beruf gewählt? Eine Frage die er sich fatalerweise, in letzter Zeit nahezu ständig stellte.

Es war genau so, wie er sich das vorgestellt hatte. Oberarzt Birnbacher hatte den Achtzigjährigen Infarktpatienten nach allen Regeln der medizinischen Kunst versorgt, man sprach heute von evidence-based medicine, um danach, gut zwei Stunden zu spät, mit seinem uralten, grauen Kombi in die Innenstadt zu rasen, als ob es da noch etwas einzuholen gegeben hätte.

Sonja hatte längst den vereinbarten Treffpunkt verlassen, um zunächst alleine durch die Stadt zu bummeln, und dann, einem plötzlichen Impuls folgend, eine altbekannte Nummer auf ihrem smartphone zu wählen. Nach kurzem Geplänkel mit Phrasen wie, „das ist aber eine schöne Überraschung, wir hatten doch eigentlich erst samstags vereinbart, aber wenn du heute schon so scharf auf mich bist, kann ich meine Termine vielleicht doch irgendwie umschlichten", kam man schnell überein, sich in einer halben Stunde in einem allseits bekannten Stundenhotel in der Innenstadt zu treffen, um sich in kitschig-barockem Ambiente kurzweilig die Zeit zu vertreiben. Nichts ließ Sonja dann noch an ihren chronisch zu spät kommenden Mann denken. Sie genoss schlicht und einfach die leidenschaftliche, vielleicht etwas zu kurze Nummer mit ihrem Liebhaber. Alfred hingegen beschloss, aus schlechtem Gewissen heraus, in Duckstellung zu gehen, und sich bei Sonja abends mit einem großen Blumenstrauß zu entschuldigen. Auf dem Weg zum Blumengeschäft blieb er, quasi schicksalshaft, in seinem Lieblingskaffeehaus hängen, um einige heftig umkämpfte Schachpartien auszutragen. Gleichzeitig betrank er sich mit billigem Hauswein und schloss am Heimweg weit nach Mitternacht mit sich und seiner Umwelt alkoholgeschwängerten Frieden. Er war sich gewiss, im Hinblick auf den Ärger seiner Frau, mit dem Faktor Zeit rechnen zu können. Dass die Zeit in diesem Fall nicht unbedingt auf seiner Seite war, konnte er zu diesem Moment noch nicht ahnen.

*8
„Distance 5 kilometers, duration 26 minutes 54 seconds, pace 5 minutes 24 seconds, calories 402." Kathis Laufapp erfüllte ihre Informationspflicht und sie war mit ihrer Laufleistung mehr als zufrieden. Wenn sie so weiter trainierte, sollte der Wien-Halbmarathon im nächsten Jahr kein Problem darstellen. Mit kraftvollem Schritt, auf ihr Inneres lauschend und den Kopf zunehmend frei bekommend, eilte sie ihre Lieblingsrunde durch den Wienerwald. Nichts, außer der friedlichen Abendstimmung, wollte sie von ihrer Umwelt mitbekommen, sodass sie sich mit ihrem eben erst zugelegten MP3-Player mit endlos langen Gitarrensolis Frank Zappas zudröhnte.

Wie aus dem Nichts stolperte und fiel sie über ein vor ihr gespanntes Seil, dessen Gegenwart sie erst im Fallen wahrnahm. Zeitgleich erkannte sie eine aus dem Baumschatten hervortretende, kräftige Männergestalt, die mit gelassener Eile auf sie zukam und ihr ohne jegliches Zögern einen betäubenden Faustschlag ins Gesicht versetzte. Vom explosionsartigen Schmerz ihrer zerborstenen Nase durchdrungen, verlor Kathi kurzzeitig das Bewusstsein. Nach dem Wiedererwachen musste sie verzweifelt erkennen, dass ihre Hände am Rücken brutal zusammengeschnürt waren. Um Hilfe zu rufen, war ein Ding der Unmöglichkeit, da sie der Fremde in der Zwischenzeit mit breiten Klebestreifen geknebelt hatte.

Alles, was darauf folgte, geschah mit unfassbarer Präzision, was in Anbetracht von Kathis Lähmung gar nicht nötig gewesen wäre. Nach einem weiteren kräftigen Schlag auf den Hinterkopf, zerrte sie der körperlich weit überlegene Mann ins nächste Gebüsch. Auf dem Rücken liegend nahm sie jede Einzelheit der Situation wahr: den massigen Körper, der sie mit seinem stählernen Gewicht niederdrückte, den erigierten Penis zwischen ihren Schenkeln, der jeden Moment in sie einzudringen drohte, der erregt-keuchende Atem, dessen faulig-stinkender Mundgeruch sie unfassbar abstieß, sogar eine kleine blaue Anstecknadel einer populistischen Rechtspartei in Österreich am Revers der Jacke fiel ihr auf. Einzig und allein das Gesicht des Mannes konnte sie nicht erkennen, es verschwamm zu einer einzigen geilen, stöhnenden Fratze.

In diesem Moment erwachte Kathi schreiend, schweißgebadet mit rasendem Puls und von einer unvorstellbaren Todesangst würgend am Hals gepackt. Im Zeitlupentempo realisierte sie die Unwirklichkeit der stattgefundenen Schreckensszene, erkannte ihre kranke Traumwelt. Langsam fand sie sich in ihrem Bett zurecht, versuchte sich zu beruhigen und das eingebrannte Bild aus ihrem Kopf zu tilgen. Gleich morgen musste sie ihren Termin bei Doktor Lenzbacher vorverlegen, diese Träume würden sie sonst umbringen.

Um sich abzulenken, stand sie auf und ging auf die Toilette, wo sie minutenlang gedankenlos ins Dunkel starrte, bis sie langsam zur Ruhe kam. Anschließend trank sie, ohne durstig zu sein, ein Glas kaltes Wasser, um den grauenhaften Traum aus ihrem Kopf zu spülen, dann blätterte sie am Küchentisch lustlos in einer älteren Ausgabe der Tageszeitung. Sie las über verfehlte Nahost-Politik und idiotische Innenpolitik, was in ihr absolut vorhersehbar zu bleiernen Schwere und dem Wunsch nach Schlaf führte. Nachdem sie ziemlich sicher gewesen war, dass sie der Traum heute nicht mehr einholen würde, beschloss sie, sich wieder niederzulegen. Kaum hatte sie die dicke Daunendecke an ihr Kinn gezogen, kramte sie ihren alten Kindheitstrick hervor, mit dem sie schon damals böse Alpträume erfolgreich vertrieben hatte. Seit damals hatten sie schreckliche Träume treu begleitet, ihren Schlaf zerstückelt und in ihr eine täglich wiederkehrende Angst vor dem Einschlafen verursacht. Bis zu dem Tag, an dem sie einen Zaubertrick gegen die Träume erfand und vor dem Einschlafen Donald Duck in allen Einzelheiten visualisierte, seinen Entenschnabel, seine schief auf dem Kopf sitzende Matrosenmütze und die quackende Stimme, die Gehörgänge zum Zittern brachte. Vor dem inneren Auge sah sie die zur Schule eilenden Neffen Tick, Trick und Track, die stets alles besser wussten, und das winzige knallrote Auto , mit dem Donald durch Entenhausen brauste. Noch heute benutzte sie gelegentlich den tadellos funktionierenden Trick, um sich zu schützen. Irgendwann mit sechzehn Jahren hatte sie sich einen winzigen Donald Duck über den rechten Außenknöchel tätowieren lassen, ganz einfach, weil sie daran glaubte, dass ihr dann nichts mehr passieren konnte.

*9

Kathi wusste, dass noch einige Stunden erholsamer Schlaf vonnöten waren, um den morgigen Ambulanznachtdienst irgendwie zu überstehen. Das Schicksal meinte es jedoch nicht gut mit ihr in dieser Nacht. Kaum hatte sie die Traumbilder erfolgreich entsorgt, um völlig erschöpft einzunicken, durchschnitt das, vor allem zu dieser Zeit verhasste, Klingeln ihres Handys den langsamer werdenden Fluss ihres Atems.

Kathi brauchte einige Sekunden, um sich zurechtzufinden und die Urheberin des schluchzenden, telefonischen Gegenübers zu erkennen. Eva Herrmann, die im Spitalsbetrieb so cool souveräne Stationsschwester, war wie von Sinnen. „Ich weiß, du hast morgen Nachtdienst und ich sollte deinen wohlverdienten Schlaf nicht stören, aber ich weiß weder ein noch aus". Immer wieder durchbrach ein gewaltiges Schluchzen mit darauffolgendem, geräuschvollen Aufziehen von Rotz und Tränen den Redeschwall. Kathi hatte sich der sichtbar leidenden Stationsschwester seit einiger Zeit angenommen, nachdem die tiefen Augenringe, das rasch dahinschwindende Gewicht und eine die Visite beeinträchtigende, ständige Gereiztheit nicht mehr zu übersehen waren. Kathi konnte den erlittenen Schmerz und die darauf folgende Trauer nur allzu gut nachvollziehen und war für Eva zur Hauptseelsorge geworden, und das zu jeder Tages- und Nachtzeit.

Als Tom sie verlassen hatte, konnte sie tagelang nicht schlafen, brachte keinen Bissen hinunter und nahm schließlich acht Kilogramm ab. Erst mit Hilfe eines Psychotherapeuten der Kriseninterventionsstelle konnte sie ihre Gedanken langsam sortieren und einordnen. Mit Hilfe starker Schlafmittel fand sie zumindest wieder eine kurze Nachtruhe, um sich mit Hilfe von Doktor Lenzbacher langsam wieder einem normalen Leben anzunähern.

„Er ist so ein Dreckskerl, er hat mir alles versprochen, eine Familie, gemeinsame Kinder, eine Villa im Grünen, nichts davon hat er eingehalten, elender Scheißkerl, täglich muss ich seine Fresse sehen, ich halt das nicht mehr aus." Kathi hatte bei ihrem Therapeuten einiges gelernt und versuchte es mit: „gut, dass du deiner Aggression freien Lauf lässt, ich kann deine Wut gut verstehen, aber irgendwann muss auch diese Wut abkühlen" und zu guter Letzt mit „Vielleicht wäre es wirklich eine Überlegung wert, sich auf eine andere Station versetzen zu lassen?" „Ich soll klein beigeben, weil er mich beschissen hat? Damit würde ich ihm noch in die Hände spielen und den Kampf aufgeben, niemals verlasse ich meine Station wegen diesem arroganten Arschloch." Kathi versuchte zu beschwichtigen „OK, OK, OK, aber ich bin felsenfest davon überzeugt, dass du eines Tages erkennen wirst, welch großes Glück du hattest, ihn rechtzeitig loszuwerden." „Das weiß ich doch jetzt schon, aber er fehlt mir trotzdem mit jeder Faser meines Körpers, ich kann einfach nicht ohne ihn leben, es tut noch immer so weh…." Ein tiefes Schluchzen unterbrach den Redeschwall, gefolgt von einem stummen Fließen der Tränen. „Ich kann dich wirklich gut verstehen, mit Tom ging es mir ganz ähnlich, und trotzdem du wirst sehen, die Zeit arbeitet für dich, vielleicht sind es 3, vielleicht 6 Monate,vielleicht 1 Jahr, aber irgendwann wirst du drüber hinwegkommen.

Glaube mir, mit jedem Tag, mit jeder Woche, mit jedem Monat wird der Schmerz ein wenig kleiner."

„Oh Gott, könnte ich die Zeit nur etwas vordrehen. Ich hasse mich selbst für meine Schwäche, für meine Abhängigkeit von diesem Arschgesicht."
„Dass er ein Arschgesicht ist, stimmt zwar vollinhaltlich, hilft dir aber auch nicht weiter, wenn du ihn liebst. Du musst dir einfach Zeit geben, dich zu entlieben." So oder so ähnlich verlief dieses Telefonat, ebenso wie die vielen vorherigen. Gut zwei Stunden benötigte Schwester Eva, sich ihren Kummer von der Seele zu weinen und sich einigermaßen zu beruhigen, bevor Kathi, ohne sich die restlich verbleibende Nacht Sorgen machen zu müssen, auflegen konnte. Davor versicherte sie mehrfach, jederzeit erreichbar zu sein und Eva keinen Moment zögern solle, neuerlich anzurufen. Kathi hatte sich geschworen, Eva felsenfest zur Seite zu stehen. Aus eigener Erfahrung wusste sie nur allzu gut, wie einsam man in einer solchen Situation war, wie sehr man eine empfindsame Person zum Ausweinen benötigte. Eva bedankte sich mehrfach und versprach für eine schwesterliche Schonung im morgigen Nachtdienst zu sorgen.
Kathi hingegen verkroch sich in ihr geliebtes Himmelbett und ließ das Gespräch noch einmal Revue passieren. Es war schon wirklich beeindruckend, wie viel schmerzhaftes Leid aus Liebeskummer resultierte. Und trotzdem konnte keine Kraft der Welt verhindern, dass man sich stets aufs Neue mit fliegenden Fahnen verliebte. Nichtsdestotrotz musste Kathi nun doch versuchen, zumindest zwei Stunden am Stück durchzuschlafen, um den kommenden Spitalstag zu überleben.

*10
Langsam, ohne die sanft dahin dösende Sonja zu wecken, schlüpfte Max unter dem dünnen Seidenlaken hervor. Er begann sich langsam und möglichst geräuscharm anzukleiden: zunächst die Unterwäsche und das mit Monogramm versehene, apricotfarbene Hemd einer noblen Innenstadtboutique, dann seinen Maßanzug, sowie das edle Schuhwerk, bis er schließlich ohne Spiegel seine fischgrätgemusterte Krawatte band. Das hatte er schon in seiner Jugend so lange geübt, bis er es ohne nachzudenken, verinnerlicht hatte.

Dabei ließ er die zurückliegende Liebelei mit Sonja Revue passieren. Die Affaire hatte auf einer der üblichen Stationsweihnachtsfeiern begonnen. Mit finanzieller Unterstützung von Tertiapharm, der weltgrößten Pharmafirma für Blutprodukte, hatte er die gesamte Abteilung in ein nobles Dachterrassenhaubenlokal geladen. Er hielt eine launig-beschwingte Ansprache aus dem gespielten Blickpunkt eines faktenverliebten Zeitungsredakteurs, der das vergangene Jahr reflektierte, wobei er immer wieder beharrlich auf die Wichtigkeit seiner Interventionen und seines Wirkens zurückkam. Anschließend folgte der beschwingte, halbwegs unbeschwerte Teil des Abends. Das Stationsschwesternteam hatte in mühevoller, wochenlanger Kleinarbeit ein launig kabarettistisches Programm zusammengebastelt, in dem so ziemlich jeder auf die Schaufel genommen wurde. Anschließend sorgte ein überwuzelter DJ für die entsprechenden grooves und die ersten Beschwipsten ließen ihre Hemmungen fallen und begannen, ihr Tanzbein zu schwingen.

In wohlüberlegter Rücksprache mit dem Tischkärtchen verteilenden Kellner wurde Primarius Bernhard neben Sonja, der Frau von Oberarzt Birnbacher, platziert und hatte unmittelbar und völlig ungeniert zu flirten begonnen. Er hatte Sonja im letzten Winter bei einer als Fortbildung getarnten Veranstaltung in Lech am Arlberg kennengelernt, auf die sie ihren Mann begleitet hatte. Schon damals war ihm die langbeinige, blonde Schönheit ins Auge gestochen, aber er hatte keine Gelegenheit gefunden, sein Glück zu versuchen. Es war ihm völlig rätselhaft geblieben, wie sich eine so aufregend schöne Frau für einen trotteligen Langeweiler, wie Doktor Birnbacher einer war, entscheiden konnte.
Zu seiner eigenen Überraschung spürte er, dass seine hartnäckigen Annäherungsversuche durchaus nicht ins Leere gingen und setzte diese konsequent näher rückend fort, um schließlich aufs Ganze zu gehen. Dies wurde insofern erleichtert, als Oberarzt Birnbacher in ein ausuferndes Gespräch mit Stationsschwester Eva vertieft war und keine Gelegenheit fand, sein Revier abzustecken. Es war für Max höchst amüsant anzusehen, wie ihm sein Oberarzt die lästige Schwester vom Hals hielt, während er mit Erfolg dessen Frau anbaggerte.

„Eines bleibt für mich, unter uns gesagt, völlig unerklärlich. Ich möchte Ihnen ja wirklich nicht zu nahe treten, aber diese Frage beschäftigt mich schon seit längerem und ich hoffe, sie verzeihen meine Neugierde. Wie kann eine derart tolle Frau, die in der obersten Liga spielen könnte, quasi ein Rennpferd, sich mit einem müden, ausgebrannten Kutschengaul abgeben?"
Im Innersten geschmeichelt zustimmend, nahm Sonja ihre ganze verbleibende Energie zusammen, ihren Mann

zu verteidigen, „Wir hatten eine wunderbare gemeinsame Zeit, die ich nicht missen möchte. Zugegebenermaßen hat sich unsere Ehe in letzter Zeit ein wenig festgefahren. Es ist vieles nicht so gelaufen, wie wir uns das gewünscht hätten. Außerdem ist mein Mann beruflich wahnsinnig ausgelastet, Ordination, Nachtdienste, Fortbildungen, und ich hab mir halt dann auch meine Bereiche gesucht, hab zu fotografieren begonnen, bin wieder Teilzeit arbeiten gegangen, hab meine Freundschaften aktiviert, und so weiter."

„Erlauben Sie mir einen Wunsch, wie wärs, wenn wir uns duzen, jetzt wo wir uns schon so nahestehen…"
Mit leicht affektierter Geste fuhr sich Sonja durchs blond gesträhnte Haar und lächelte ihr neckischstes Lächeln, um schließlich der Bitte nachzugeben. Natürlich bestand der Herr Primar auch auf einem Verbrüderungskuss, bei dem er ihr ein „Du machst mich verrückt, wir müssen uns bald wieder treffen" ins gar nicht so zierliche Ohr zischte. Vorsorglich legte er zusätzlich seine Hand auf die Innenseite ihres Oberschenkels, was von Sonja wohlwollend zur Kenntnis genommen wurde. Das Austauschen der Telefonnummern war dann eine Kleinigkeit gewesen, und so hatten die Dinge ihren Lauf genommen.

Nun war jedoch ein Punkt erreicht, an dem Primarius Bernhard überzeugt war, mit Sonja sexuell alles erlebt zu haben, was es zu erleben gab und ansonsten gab es absolut nichts, was er mit ihr hätte teilen wollen. Zu sehr nervte ihn ihre schnarrend unangenehme Stimme, ihr nahe dem geistigen Nirvana befindlicher Intellekt und ein rasch fortschreitendes Fehlen jeglicher Gesprächsthemen.

Das befriedigende Wissen, die Frau seines ersten Oberarztes zu bumsen, brachte ihm nun auch keinen wesentlichen Gewinn mehr und die gemeinsamen Hotelbesuche begannen ihn zu langweilen. Wahrscheinlich passte sie doch besser zu Alfred Birnbacher, diesem jämmerlichen Schlappschwanz. Sollte er doch seinen Spass haben, er hatte sich seinen geholt.
„Adieu, holde Sonja, war mir ein Volksfest", sprach er mehr zu sich und verließ auf leisen Sohlen das Hotelzimmer, um im Foyer, soviel Klasse hatte er dann doch, die Rechnung großzügig zu begleichen. Kurz darauf brauste er in seinem Sportwagen selbstzufrieden von dannen, um die Frau seines Oberarztes mittels „reset"-Taste von seiner Festplatte zu löschen.

*11
Sonja versuchte, möglichst nicht zu blinzeln und die postkoital friedlich schlummernde Geliebte möglichst authentisch wiederzugeben. Gleichzeitig konnte sie es kaum erwarten, dass Max sich anzog und endlich verzupfen würde. Wofür brauchte er denn so lange, der eitle Geck. Auch für sie war sonnenklar, dass es ihre letzte Zusammenkunft gewesen sein musste. Zu anstrengend war es, den unersättlichen Narzissmus von „Primarius Bernhard" anzufüttern, angefangen von den schier endlosen Schilderungen seiner medizinischen Heldentaten, die sie mit weit geöffneten Augen und staunenden Blicken anzuhimmeln hatte, bis hin zu seinen unentwegten Angebereien mit Autobahngeschwindigkeitsrekorden, Maßanzügen und Schweizer Uhren, bis hin zu den gespielten Höhepunkten, von denen er sich schon durch halbherziges Stöhnen in seiner unbändigen Manneskraft bestätigt fühlte.

Nun hatte sie allerdings genug. Eine Zeitlang hatte sie darauf gehofft, dass sie Max aus ihrer Ehetristesse retten könne. In der Zwischenzeit war diese schillernde Seifenblase zerplatzt und das einzige, von diesem kurzen Intermezzo zurückbleibende, war ein kaum mehr auszuhaltender, bitterer Nachgeschmack. Sonja hatte sich von der Beziehung zu Max einen weiteren sozialen Aufstieg an der Seite eines anerkannten Professors erhofft, nachdem sich Alfred als hoffnungsloser Loser herausgestellt hatte. Karrieretechnisch war dieser am Ende der Fahnenstange, da machte sie sich nichts vor, hinzu kam in letzter Zeit ein gravierendes Alkoholproblem, dessen genaue Ausmaße sie lieber nicht hinterfragen wollte. Zuguter Letzt waren auch die anfänglich durchaus herzeigbaren Unternehmungen weniger geworden. Schon einmal wäre sie vor Peinlichkeit beinahe im Erdboden versunken, als Alfred volltrunken im Foyer des Volkstheaters torkelnd in die Knie ging und nur mit ihrer verschämt zur Seite blickenden Hilfe wieder aufkam. In diesem Moment hatte sie für sich den ersten Schlussstrich gezogen. Aus ihrer Geschichte heraus blieb ein zu intensiver Kontakt mit Alkohol ein absolutes no go.

Sonja hatte eine unglückliche Kindheit erfolgreich hinter sich gebracht, in der sie von ihren Großeltern groß gezogen wurde. Ihr Großvater war ein riesiger, furchteinflößender Mann, der darauf bestand, von seiner Enkeltochter Herr Fritz genannt zu werden. Niemals wäre sie auf die Idee gekommen, ihn zu duzen. Der einzige tatsächliche Kontakt war das stundenlange Einsperren des Kindes in der Speisekammer gewesen, wenn sie zu laut gespielt oder ihn beim Lesen der Tageszeitung gestört hatte. In dem winzigen, kalten Raum konnte Sonja dann ausgiebig die Lebensmittelvorräte der Großeltern studieren. Der bewusstseinstrübende Gestank des Quargels mischte sich mit dem widerlichen Geruch des Räucherschinkens, schon damals hatte sie beschlossen, in ihrem weiteren Leben gänzlich auf diese Nahrungsmittel zu verzichten. Gelegentlich fand sie ein lebloses, kleines Mäuschen, dem die heimtückische Mausefalle der Großeltern das Genick gebrochen hatte und dem sie sanft über das seidig weiche Fell streichelte. Zum Glück hielt sich Herr Fritz nur selten zu Hause auf, da er den Kontakt zu Frau Herz pflegen musste, einer pensionierten Klavierlehrerin, mit der er gemeinsam musizierte, Tee trank und über vergangene Heldentaten schwadronierte.

Sonjas Oma hingegen flüchtete sich in ihrem Gram in den Alkohol; ihr gemeinsames Spiel war es gewesen, die Doppelliter Weinflaschen, die Sonja zusammen mit einem Himbeer-Zitrone-Eis beim Greißler um die Ecke besorgt hatte, vor Herrn Fritz im Badezimmer zwischen den Waschmitteltonnen zu verstecken. Gemeinsam saßen sie dann am Küchentisch, hörten Omas Lieblingsradiosendung „Autofahrer unterwegs" und knackten Walnüsse für einen Kuchen. Die einzige Wortmeldung der Oma war es gewesen, Sonja immer wieder darauf hinzuweisen, dass sie darauf achten solle, die Nüsse vorsichtig aufzumachen, da sie nur vollständige Nusshälften gebrauchen könne. Während sie ein Glas Wein nach dem anderen leerte, ihre zunehmend glasiger werdenden Augen Löcher in die Luft starrten und das Schälen der Nüsse irgendwann eingestellt wurde, widmete sich Sonja ihrem über alles geliebten Pony-Quartett. Sie kannte jede einzelne Karte in- und auswendig und keine ihrer Freundinnen hatte jemals ein Spiel gegen sie gewonnen. Irgendwann strichen Omas ohnehin nur mehr auf Halbmast wehenden Augen die Segel und sie nickte auf der Küchenbank friedlich pfeifend ein. Für Sonja war das der Moment, in dem sie aufstand, ihren klapprigen Tretroller packte und über die Straßen davon sauste, um ihre Freundinnen zu suchen.

Sonja hatte immer gewusst, dass sie dieses Leben irgendwann hinter sich lassen würde, konnte es kaum erwarten, erwachsen zu werden. Sie hatte sich immer einen starken, Sicherheit vermittelnden, wohlsituierten Mann an ihrer Seite gewünscht, der ihr ein Leben auf entsprechendem Niveau garantierte. Um der Suche etwas nachzuhelfen, war sie eine Zeitlang in einem Escort-

Service beschäftigt. Diese erfolglose Suche hatte sie aber lediglich von der Erbärmlichkeit der gesamten Männerwelt überzeugt, worauf sie schlussendlich die Reißleine zog und bei Alfred landete. Warum sich immer die größten Nieten gerade auf sie stürzten, damit musste sie in ihrer nächsten Sitzung ihren Therapeuten konfrontieren, sie konnte einfach keine Erklärung finden.

*12
Seit Tagen hatte sich dieser Popsong in Kathis Hirnwindungen festgekrallt, gleich einer Boje, die man frei in einem See schwimmend, ehrgeizig für einige Sekunden unter Wasser drückte, um den Kampf schließlich doch zu verlieren. Genau, wie sich die Boje unweigerlich ihren Weg an die Oberfläche bahnte, suchte auch die Melodie mit unerträglicher Hartnäckigkeit ihren Weg in Kathis Gedankenwelt. Immer wieder summte sie unwillkürlich den eingängigen Refrain, wippte im Takt der Musik und vollführte eruptive, für ihre Umgebung höchst überraschende und trotzdem anmutige Tanz-schritte, während sie das Lied auf ihrem mp-3 player in Endlosschleife hörte. Als sie das Gewinnerlied des letzten Song-Contests zum ersten Mal im Fernsehen sah, zog sie dieses mitsamt der Sängerin sofort in den Bann. Das manirierte Auftreten der deutschen Performerin mit der mehrfach ins Hysterische kippenden Stimme, den ungelenk epiletisch ausfahrenden Tanzbewegungen, gepaart mit einem unbändigen Selbstbewusstsein, verpackt in laszivem Jungmädchencharme, inklusive riesiger, offenherzig in die Kamera zwinkernder Rehaugen, ließen Kathi neugierig werden.

Noch während der endlosen Punktevergabe mit dem deutschen Gesamtsieg, lud sich Kathi das Lied auf ihrem Laptop herunter, um sich im Anschluss auf Internetsuche nach der Person hinter dem Bühnenstar zu machen. Keine zehn Minuten später stieß sie auf ein billiges Sexfilmchen des gar nicht so unschuldigen Sternchens. Verwackelte, mehr als unscharfe Bilder, die von einer offensichtlich zitternden Person abgelichtet wurden, ein sinnfreies Aneinanderreihen einer unvernünftig hohen

Anzahl von Männern, die sich an dem Mädchen der Reihe nach vergnügten, und das Ganze in einer mit einer abgewetzten Stoffcouch dürftig eingerichteten Lagerhalle, echt grenzwertig. Und trotzdem waren Kathi die gesehenen Bilder nicht mehr aus dem Kopf gegangen und nahmen mit der Zeit den Platz des langsam verblassenden Liedes ein, um ihr in den jeweils unpassendsten Momenten ins Bewusstsein zu steigen. Kathi wusste, dass sie die lästigen Bilder nur auf eine Art und Weise entsorgen konnte, sie musste sie durch Andere, Neue ersetzen.

Als Ort des Geschehens googelte sie neuerlich und fand eine kleine Swinger-Clubsauna im Herzen des zweiten Wiener Gemeindebezirks. „Hot-spot" hatte die Suchmaschine ausgeworfen, wobei die Location ihre heißesten Zeiten offensichtlich weit hinter sich hatte, wie Kathi unmittelbar davor stehend, feststellen musste. Die wenig einladende, abbröselnde Fassade des mitgenommenen Zinshauses mit nur mehr teilweise funktionierender, nervös flackernder Leuchtreklame bedeuteten Kathi, dass sie am vermeintlichen Ziel ihrer Suche war. Über eine, in den vergangenen Jahrzehnten offensichtlich ausgiebig benutzte Holztreppe, bezogen mit porös-löchrigem, roten Teppichstoff, tastete sie sich vorsichtig entlang des nur mehr inkompletten Handlaufes in den Untergrund der Wiener City. Am Fuße der nicht ungefährlichen Treppen empfing sie eine im rötlichen Dämmerlicht befindliche, mit Spanholzplatten zusammengezimmerte Stehbar. Der vorherrschende Geruch war mehr als gewöhnungsbedürftig: großzügig versprühter Tannenzapfen suggerierender Raumspray, vermischt mit stechendem Desinfektionsmittel konnten die ekelhaften Duftmarken menschlicher Ausdünstungen und Körpersekrete nur unzureichend überdecken.

An der mit violettem Samtstoff überzogenen Stehbar lehnten ausschließlich Männer im Adamskostüm, die bis zur Kathis Ankunft gelangweilt an ihren Biergläsern nippten. Die einzige, weitere Frau im mit von alter Schlagermusik beschallten Raum war die grell geschminkte, blondierte Bardame in beängstigend knappen Dessous, die ihr Bestes gab, die versammelten Gäste zu unterhalten. Dementsprechend erleichtert war sie, als Kathi nach Bestellung eines doppelten Gin-Tonics das Heft der Unterhaltung in ihre zarten Hände nahm. Ein kräftig gebauter, glatzköpfiger Mittzwanziger drängte sich unterhaltungstechnisch selbstbewusst in den Vordergrund, siegessicher voraussetzend, dass zuallererst ihm die Gunst der hübschen Blondine zustehen würde. Als unmittelbarem Gegenpart wurde er von einem asketischen Mittfünfziger mit grauer Stoppelfrisur und Drei-Tage-Bart in die Schranken gewiesen. Kathi bestaunte belustigt das Kräfte messende Spiel der Hormone und vermied es tunlichst Partei zu ergreifen. Stattdessen widmete sie sich einem auf den ersten Blick schüchtern wirkenden Typ „fürsorglicher Familienvater" mit prägnanter Hakennase, der sie zunächst nur verlegen angrinste, sich aber im Verlauf des Gesprächs als durchaus amüsanter Kerl herausstellte. Der vierte und letzte im Bunde war ein zerzaust wirkender Pensionist, der das Geschehen gespannt aus dem Hinterhalt verfolgte und auf eine sich bietende Chance lauerte. Dabei warf er derart unverhohlen lüsterne Blicke auf Kathi, das ihr mitunter ein kalter Schauer über den Rücken lief.

Nachdem sich Kathi mit einigen weiteren hochprozentigen Drinks in „Stimmung" getrunken hatte, fasste sie einen Entschluss, wie sie sich den Fortgang des Abends im hotspot vorstellen konnte. „ So, Jungs, ich denke, das muss als Vorstellungsrunde reichen. Kommen wir zur Sache. Wie nicht unschwer zu erkennen ist, habt auch ihr schön langsam genug geplaudert und ich will euch ja nicht über Gebühr auf die Folter spannen. Ich hab mir überlegt, dass ihr alle vier zum Zug kommen sollt, aber nur unter einer Bedingung. Wir spielen nach meinen Regeln." „Uns ist alles recht", meinte der jetzt gar nicht mehr schüchterne „Familienvater", der wie selbstverständlich die Funktion des Sprachrohrs übernommen hatte, was durch ein zustimmendes, mehr als schmutziges Lachen des glatzköpfigen Muskelprotzes untermauert wurde.

„Nun denn, ich hab mir das so gedacht, ich lege mich rücklings auf diese schon mehr als einmal benutzte Massageliege. Danach bindet ihr meine Hände an der Seite fest, fickt mich der Reihe nach, wohlgemerkt ohne in mir zu kommen und spritzt mir wichsend in den Mund. Das einzige, was ich gar nicht leiden kann, ist, wenn mich jemand angrabscht. Irgendwelche Einwände?" Wie zu erwarten, fügten sich die Vier widerstandslos in ihr grausames Schicksal. Kathi war überrascht, wie rasch die von ihr ersonnene Choreografie vonstatten ging und wie folgsam sich die Männer an ihre Vorgaben hielten. Der Reihe nach fickten sie ihre glattrasierte Scheide, um in weiterer Folge in ihren lasziv geöffneten Mund abzuspritzen. Kathi genoss es, der Reihe nach genommen zu werden, verglich die unterschiedlichen Techniken der zum Höhepunkt drängenden Schwänze und vermeinte geschmackliche Differenzen des Spermas zu erkennen, bevor sie alles samt und sonders schluckte. Als einziger verfehlte der rüstige Pensionist sein Ziel und spritzte stattdessen in Kathis linkes Auge, kam ihr jedoch sofort zu Hilfe, indem er das Ejakulat sorgfältig abwischte und seine spermabenetzten Finger von ihr ablecken ließ.

Alles in allem war der Abend so verlaufen, wie Kathi es sich vorgestellt hatte, sie hatte etwas Neues probiert und konnte endlich die hartnäckig gespeicherten Bilder entsorgen. Trotzdem war es ihr ein dringliches Anliegen, noch in der Dusche der Sauna die Gerüche und Sekrete des Abends abzuspülen. Keine Sekunde länger hätte sie die penetrante Geruchswolke, die sie umgab, ertragen. Unvermeidlich drängte sich der wunderbare Geruch von Tom in den Sinn. Sie hatte es geliebt, an seinem Kopfpolster oder an getragenen T-Shirts zu riechen.
Manchmal wusch sie sich tagelang nicht, um den Geruch ihrer Liebe an der Haut zu tragen, aber sie musste endlich diese lästigen Gedanken loswerden, es tat noch immer viel zu weh. Nach der reinigenden Dusche, bei der sie dafür sorgte, dass auch sie auf ihre Kosten kam, verließ sie den Ort des Geschehens. Ob sie der erfolgten Einladung einer baldigen Wiederholung nachkommen würde, ließ sie unbeantwortet offen.
„21.Juli, Swinger-Saunaclub Hotspot, 4 zielstrebige Jungs, kurzzeitig erblindet am linken Auge ** „

*13
„Frau Herrmann, Sie bekommen ein Baby, herzlichen Glückwunsch." Mit strahlendem Lächeln und offenherzigem Dackelblick verkündete Evas Frauenarzt die vermeintliche Frohbotschaft. Für Eva war diese zunächst so verständlich, wie eine im chinesischen Fernsehen vorgetragene Neujahrsbotschaft und erst mit beträchtlicher Verzögerung detonierte der Sinn des soeben Gehörten. Diplomkrankenschwester Herrmann hatte den vom Spital bekannten Gynäkologen wegen lästiger Schmierblutungen aufgesucht. Nachdem sie das ganze einige Wochen negiert hatte, begann sie sich nun doch Sorgen zu machen. Sie war auf einiges gefasst gewesen, aber mit einer Schwangerschaft hatte sie nicht im entferntesten gerechnet. Mit der Präzision einer Atomuhr hatte sie ihre Pille geschluckt, mittels eigener app auf ihrem smartphone, die sie jeden Morgen mittels kurzem Babyschrei erinnerte, hatte sie niemals vergessen, das kleine, gezahnte Pulver einzunehmen, um immer auf der absolut sicheren Seite zu sein; und jetzt das.

Einem Gedanken-Tsunami gleich, überrollte sie die mit Verzögerung explodierende Bedeutung der unfassbaren Nachricht. Wer der Vater war, darüber gab es nicht den geringsten Zweifel, ob ihr das schmeckte oder nicht. Aber würde er seinen Vaterpflichten nachkommen, würde sie es überhaupt alleine schaffen ? Ihren zehrenden Job, das Kind, den täglichen Überlebenskampf, war sie dafür stark genug ? Wollte sie ein Kind gebären, das, aller Voraussicht nach, ohne Vater aufwachsen würde? Genau diese Situation hätte sie dem eigenen Kind ersparen wollen, zu präsent war das schmerzhafte Fehlen ihres Vaters, der nach einem fatalen Überholmanöver beim Motorradfahren verunglückt war. Würden ihr die ständigen finanziellen Sorgen über den Kopf wachsen, konnte sie ihrem Kind das Leben und die Ausbildung bieten, die ihm zustanden?

Tausende Fragen, Gedanken und Sorgen schossen durch ihren Kopf und ließen sie verzweifelt nach einem Ausweg aus der Misere suchen, bis zu dem Moment, in dem sie ihr Kind das erste Mal am Ultraschallmonitor zu sehen bekam. Die Zeit schien mit einem Mal still zu stehen, die gerade noch quälenden Gedanken verloren von einem Moment auf den anderen ihr tonnenschweres Gewicht. Eine sechs Millimeter große Fruchtblase und ein winzig kleines, tapfer pochendes Herz veränderten ihre Gedankenwelt und ließen sie, wie hypnotisiert, auf den Monitor starren. Dicke Tränen trübten ihre Sicht, überwältigt von dem winzigen Lebewesen, das sich innerhalb dem Bruchteil einer Sekunde ins Zentrum ihrer Existenz katapultiert hatte, verlor sie die Kontrolle über ihre mimische Muskulatur, die in alle Richtungen zuckte und zitterte, um, begleitet von einem Seufzen aus tiefster Seele, schließlich „Oh Gott, mein Baby, mein süßes, kleines Baby", hervorzustoßen.

Den Rest der gynäkologischen Untersuchung nahm Eva nur mehr als unbeteiligte Zuseherin durch einen Tränenschleier wahr. Der gynäkologische Untersuchungsstuhl, der Portioabstrich, die manuelle Untersuchung ihrer Brüste, normalerweise nicht unbedingt die von ihr präferierten Lieblingssituationen, verloren komplett ihren sonstigen, unangenehmen Beigeschmack, berührten sie an diesem Tag, wie, wenn in China ein Fahrrad umfällt. Die mit Sicherheit, gut gemeinten Worte ihres rührigen

Frauenarztes hätte sie im Nachhinein unmöglich wiedergeben können, zu tief hatte sich das Bild des winzigen Herzens in ihr Gehirn gebrannt. Nur einen kurzen Augenblick hatte sie ihr Kind gesehen und trotzdem wusste sie, dass sie dieses kleine Etwas für den Rest ihres Lebens, ohne Wenn und Aber, bedingungslos lieben würde. Beim Verlassen der Ordination hätte sie um ein Haar kehrt gemacht, schlicht und einfach, um ihren kleinen Schatz noch ein Mal kurz zu sehen.

Kaum war sie auf die Straße hinausgetreten, überkam sie der dringende Wunsch, ihr Glück mit jemandem zu teilen. Kurzerhand wählte sie die Nummer ihrer nächtlichen Telefonseelsorgerin. „Hi, Kathi, das errätst du nie, wo ich gerade herkomme. Ich war bei meinem Frauenarzt und hab mein kleines Baby gesehen."
Funkstille am anderen Ende. Eva wurde bereits unsicher, ob Kathi überhaupt noch in der Leitung war, bevor sie zögerlich nachfragte:„Hallo, ist da jemand?, Einen Hauch mehr Empathie, Freude, Mitschwingen hätte ich mir vielleicht schon erwartet?"
„Sorry, aber das war mir grad echt ein bisschen zu viel. Ich komm` direkt aus dem Spital, bin total fertig und hab` mit vielem, aber nicht solchen breaking news gerechnet. Aber ich freu mich wirklich für dich. Ist er der Vater?"
Eva gab sich kurz entrüstet, indem sie gespielt-zornig erwiderte:"Was glaubst du, wer ich bin. Im Gegensatz zu dir, schnacksel ich mich nicht durch alle Betten Wiens ."
„Nein, entschuldige, Eva", antwortete Kathi zerknirscht, „wenn du dich freust, freu ich mich auch für dich, Ehrenwort. Aber du musst mit ihm reden, er ist schließlich der Vater, da kommst du nicht drumherum."

Nun war es an Eva, sich mit der Antwort, einige Momente Zeit zu lassen, „Danke für den Hinweis, das hatte ich sowieso vor." Im gleichen Moment erkannte Eva, dass ihr Baby zuallererst ihre Sache war und verlor jegliche Lust an einer Fortsetzung des ernüchternden Gespräches. Kurzentschlossen verabschiedete sie sich, um das unvorhergesehene, überbordende Glück für sich zu genießen. Im Moment reichte es ihr vollkommen, mit ihrer Freude alleine zu sein. Gedankenverloren stieg sie in die nächste U-Bahn, um zwei Stationen später in der Mariahilferstraße wieder auszusteigen, wo sie in ihrer Lieblingsbuchhandlung ein fettes Schwangerschaftsbuch kaufte, dem sie sich den restlichen Nachmittag ausgiebig widmete, während sie sanft ihren Bauch streichelte und liebevoll in sich hineinlächelte.

*14
„Five o-clock in the morning, you ain`t home, can`t help thinking that`s strange, yeah, yeah…." Der Song von George Michael kam ihm in den Sinn, als Alfred abends zu Hause vor seinem PC auf Sonja wartete. Er hatte sich eine weitere Flasche Rotwein geöffnet und vertrieb sich die Zeit im www. Nachdem er sich zu „Heiße, weiße Pussy vergnügt sich mit schwarzer Mamba" eher gelangweilt einen heruntergeholt hatte, gambelte er auf einer Poker-online-Seite, wo er innerhalb kürzester Zeit zweihundert Euro verspielte. Da das Ganze eher Beschäftigungscharakter hatte, ließ er in Gedanken seine zuletzt eher unrund laufende Beziehung zu Sonja Revue passieren.

Nachdem er drei Jahre, vor allem berufsbedingt, partnerlos geblieben war, hatten seine Freunde begonnen, sich Sorgen zu machen. Sie schenkten ihm zum fünfundvierzigsten Geburtstag eine Mitgliedschaft bei einer mit Partnergarantie werbenden Internet-Beziehungsbörse. Nach einigen eher unspektakulären online-Flirts war ihm das Profil von Sonja ins Auge gestochen. Einerseits gefiel ihm das offen wirkende Foto einer äußerst attraktiven, blonden Schönheit, andererseits sprach ihn die kurz gehaltene Vorstellung an. Einige Interessen deckten sich mit den seinen, mit " lebenslustig und humorvoll" konnte er ebenfalls gut leben und am besten gefiel ihm ihr offerierter Leitspruch: „Am Ende wird alles gut, und wenns noch nicht gut ist, ist es auch noch nicht zu Ende". Diesen Spruch hatten sie sich später rahmen lassen und auf der Toilette aufgehängt. So hatte er sich dazu entschlossen, mit allen ihm zur Verfügung stehenden Mitteln, um sie zu werben. Er mailte zu jeder

Tages- und Nachtzeit, optimierte sein Profil, um originell, witzig und mit Stil aufzutreten und stellte ein nicht mehr ganz taufrisches Foto ins Netz, auf dem er, wie er meinte, gewinnend lächelnd einigermaßen gut aussah. Von Anfang an war er unsicher gewesen, ob sie sich wirklich für ihn interessieren würde, und dieser Eindruck blieb, wenn er ehrlich zu sich war, bis zum heutigen Zeitpunkt bestehen.

Alfred hätte schon fast seine Bemühungen aufgegeben, als sie sich schließlich doch zu einem Treffen überreden ließ. Nachdem er, entsprechend ihrem bisherigen Auftreten, mit einem wunderschönen, blonden Eiskristall gerechnet hatte, überraschte sie ihn in einem kleinen Fischrestaurant an der alten Donau mit einem ausgesprochen romantischen, lustigen und in weiterer Folge zunehmend erotisch-prickelnden Abend. Nach mehreren, anfänglich wie zufälligen Berührungen, die schließlich in zarte Küsse übergingen, wussten beide, wie der gemeinsame, lauschige Abend enden würde. Auf der Autofahrt nach Hause begann sie die Innenseite seines Oberschenkels zu streicheln, um sich in weiterer Folge nach oben vorzutasten. In höchstem Maß erregt, stellte Alfred den Motor auf dem nächstgelegenen Parkplatz ab, um sich dem weiteren Verlauf willenlos zu fügen. Sonja öffnete flink den Hosenbund, um den erregt herausdrängenden Penis mit ihren Lippen zu liebkosen und gleichzeitig seinen Hoden sanft zu massieren, worauf es zu einer raschen Erleichterung seinerseits kam. In der folgenden Nacht konnten sie nicht voneinander lassen und liebten sich auf jede erdenkliche Art und Weise. Zugleich würde diese Nacht aber auch die erotisch aufregendste in ihrer Beziehung bleiben. Die lodernden

Flammen der ersten Nacht wurden vor allem in letzter Zeit von einem winzigen Glutnest abgelöst, das jeden Moment zu verglimmen drohte.

Trotzdem folgte dieser ersten Nacht eine wunderbar glückliche Zeit zu zweit, in der sie das gemeinsame Leben in vollen Zügen genossen. Dem hedonistischen Leben mit dem Abklappern von Gastro-Szenetipps, packenden Opern- und Theaterbesuchen und tollen Fernreisen war eine ruhigere Zeit mit dem Einrichten einer gemeinsamen Genossenschaftswohnung gefolgt, um in weiterer Folge rasch zu einer Art Interessengemeinschaft zu verenden. Vielleicht wäre alles anders verlaufen, wenn Sonja das erhoffte Kind bekommen hätte, so aber hatten sie sich in letzter Zeit fortwährend auseinander gelebt und eigene, weit auseinanderliegende Nischen aufgesucht.

Alfred hätte nicht mehr sagen können, wann sie sich das letzte Mal geliebt hatten. Stattdessen hatte er begonnen, trostlose Peep-shows zu frequentieren und sich in der winzigen, ekelhaft stinkenden Kabine mit Euromünzengesteuertem Blickfenster selbst zu befriedigen. Während glasig ins Leere starrende, ganzkörpertätowierte, junge Frauen lustlos ihre Beine spreizten, versuchte Alfred so rasch wie möglich seinen Höhepunkt zu erreichen und in den vor ihm platzierten Mistkübel, ausgekleidet mit einem rasch auszuwechselndem, dünnen Plastiksack zu ejakulieren. Er war sich bewusst, dass dies so ziemlich die erbärmlichste Art und Weise war, seine sexuellen Triebe auszuleben. Nichtsdestotrotz zog es ihn immer wieder magnetisch in die schummrig, schäbigen Etablissements. Entsprechend verschämt trachtete er beim Verlassen dieses Ortes der suchenden Männer, möglichst keinem bekannten Gesicht über den Weg zu laufen und war jedes Mal erleichtert, wenn er keinem seiner Patienten begegnete.

Er musste dringend mit Sonja reden, sonst würde ihre gemeinsame Zeit bald der Vergangenheit angehören. Trotz der eingeschlichenen Alltagslangeweile war er bereit, um seine Ehe zu kämpfen, und wenn es sein musste, auch mithilfe einer Paartherapie. Sonja war die Frau, die er liebte und auf keinen Fall verlieren wollte.

*15
Nur mit allergrößter Mühe war es Stationsschwester Eva Herrmann gelungen, am zerberusartigen Fräulein Nemecek vorbeizukommen und in die heiligen Hallen des Herrn Professors vorzustoßen. Erst mittels kurzem, dafür umso verständlicherem Hinweis auf ihre Führungsposition und der nicht aufzuschiebenden Dringlichkeit ihrer Angelegenheit ließ sich die gestrenge Herrscherin des Chefsekretariats erweichen. Ohne auf eine ausdrückliche Einladung zu warten, nahm sie vis-a-vis von Herrn Professor Bernhard Platz, von dem sie nicht hätte sagen können, ob er sie registriert hatte. Vertieft in scheinbar unsagbar wichtige Papiere kritzelte er kurze Notizen auf zahlreiche Akten und schob diese von der linken Schreibtischhälfte auf die rechte, um sie kurz darauf wieder links zu positionieren. Zwischendurch gab er mittels Telefonsprechanlage kurze Befehle an seine blondierte Vorzimmerperle: "Bestellen sie mir abends einen Tisch im Da vinci, zwanzig Uhr, zwei Personen, sofort."

Schließlich ließ er sich doch erweichen und blickte finster-fragend in Richtung seiner Stationsschwester: "Was willst du noch, Eva, du siehst doch, ich habe zu tun. Bitte, erspar uns beiden weitere Klageweiberszenen, hast du denn überhaupt keine Selbstachtung?" Nach einer passenden Einleitung suchend, entschloss sich Eva, nicht lange um den heißen Brei herumzureden:"Max, ich bekomme ein Baby und du bist der Vater." Für einige Momente schienen die Gesetze der gnadenlos fortschreitenden Zeit aufgehoben zu sein. Die gerade vernommene Nachricht versetzte den Professor in eine Art Schockstarre, aus der sich der sonst so redegewandte

Tausendsassa erst langsam erholen musste. Das einzig vernehmbare Geräusch im Raum blieb eine unverdrossen tickende Pendeluhr, die Max auf einem der ständig besuchten Antiquitätenmärkte erstanden hatte. Von einem Moment auf den anderen schien sich ein mittels geheimem Schalthebel ausgelöster Mechanismus zu aktivieren; Sein rechter Mundwinkel begann unkontrolliert zu zucken und eine kräftige Rötung seines wohlgeformten Antlitzes breitete sich großfleckig aus. Gleich einem in die Enge getriebenen Tier ging er unmittelbar zum Gegenangriff über:"Ja, dann lass es halt wegmachen, ist heutzutage problemlos wie eine Blutabnahme. Ich werde mit Professor Grünzweig Kontakt aufnehmen und du bekommst morgen ein Einzelzimmer in der Privatklinik Kobenzl, natürlich auf meine Kosten. Obendrauf könnte ich mir eine Art Schadenersatz gut vorstellen, sagen wir mal 10.000 Euro, Einverstanden?"

Nun war der Moment gekommen, in dem es auch Eva die Rede verschlug. Fassungslos konnte sie einfach nicht glauben, was sie da gerade gehört hatte und nur mit der allergrößten Anstrengung gelang es ihr, auf den soeben in den Raum geworfenen Schwachsinn zu antworten:" Max, du hast mich nicht verstanden, ich habe gesagt,"Ich bekomme ein Baby!" Ich bin nicht gekommen, um Geld aus dir herauszupressen. Keine Sorge, du wirst dein ganzes Leben lang keinen einzigen Cent für mein Kind bezahlen müssen. Ich bin hier, um dich zu informieren, dass du das einmalige Glück hast, von mir ein Kind zu bekommen. Fairerweise wollte ich dich darüber informieren, mach damit, was du willst." Max strich sich fahrig über sein glatt gegeltes Haar, um unmittelbar darauf sein Angebot aufzubessern:" 20.000 Euro, das ist mein letztes Angebot, und ich bezahl dir die Restraten für den Leasingkredit für dein Auto. Das ist doch ein äußerst entgegenkommendes Angebot, wir müssen es nur mehr schriftlich festhalten."

„Leck mich, du checkst es immer noch nicht. Ich bekomme ein Baby, mit und ohne biologischen Vater, welcher bedauerlicherweise du bist. Dein beschissenes Geld kannst du dir, wo auch immer, hinstecken. Ich brauche dich nicht und dein Geld schon gar nicht, aber vielleicht bräuchte unser Kind einen Vater, und genau diese Chance wollte ich ihm nicht nehmen. Das ist der einzige Grund, warum ich heute zu dir gekommen bin, du mega-Arschloch." Den Tränen nahe und trotzdem um einen letzten Rest Würde bemüht, stand Eva, so schnell sie konnte, auf und machte sich mit eingezogenen Schultern davon. „Nur raus hier, ich werde nicht vor ihm weinen", war der einzige Gedanke, der in diesem Moment das Kommando über ihre Person übernahm. „30.000 Euro und wir können nochmals über unsere Beziehung nachdenken. Ich bin mir ganz sicher, da lässt sich noch was machen, lass uns heute Abend bei einem Glas Wein darüber reden?" Ein voller Inbrunst entgegen gestreckter Zeigefinger war das Letzte, das Professor Bernhard von seiner stationsführenden Diplomkranken-schwester sah, bevor die Türe mit einem satten Knall ins Schloss fiel. In der darauffolgenden Stille blieb Max nachdenklich an seinem Schreibtisch sitzen, während er seine handgravierte Füllfeder zwischen den Fingern drehte. Sein einziger und ausschließlicher Gedanke galt der verzweifelten Suche einer Möglichkeit, diesen sinnlos in die Welt gefickten Bastard loszuwerden.

Eva hingegen konnte nicht glauben, was sie soeben gehört hatte. Tränen voller Wut kullerten über ihre Wangen, bitter schluchzend suchte sie nach einem Ort, an dem sie sich zurückziehen konnte. Sie landete in der Personal-Toilette, wo sie den Riegel vorschob und sich auf den geschlossenen Klodeckel setzte. Ein unkontrollierbares Zittern ergriff erbarmungslos Besitz von ihrem wehrlosen Körper. Der Schmerz und die Enttäuschung, die sie fühlte, war nur mit der Trauer nach dem Tod ihres Vaters vergleichbar, wie gehäutet erwartete sie hilflos den erlösenden Todesstoß, war außerstande, ihre wild scheppernden Glieder wieder in den Griff zu bekommen. Bis zu dem Moment, in dem sie ihr Kind in sich toben und um sich schlagen spürte. Nein, soweit durfte es nicht kommen, sie musste jetzt auf ihr Kind achten, durfte sich nicht gehen lassen, musste sich auf das Wesentliche konzentrieren und das Wertvollste, das sie besaß, schützen und verteidigen. Sie würde ihr Baby, ohne zu zögern, mit ihrem Leben verteidigen und nichts durfte das Wohlergehen dieses Kindes gefährden. Mit einem Mal kam sie zur Ruhe, streifte ihren Kummer wie eine alte, abgetragene Weste ab und beschloss, Max unwiderruflich aus ihrem Privatleben zu streichen. Erleichtert verließ sie die Toilette und kehrte voller Tatendrang an ihren Arbeitsplatz zurück.

*16
„Kann es sein, dass sie mit ihrem Sexualleben eine Art undifferenzierte Racheaktion an der Männerwelt ausleben?" Uff, immer wenn Doktor Lenzbacher versuchte, besonders scharfsinnige Analysen ins Gespräch zu werfen, sträubten sich Kathis Nackenhaare. Um Himmels willen, nein, Rache war es keine. Allerdings musste sie zugeben, dass sie es genoss, den Lauf der Dinge und im Speziellen ihren Umgang mit der zitierten Männerwelt zu kontrollieren, denn, wenn jemand verlassen wurde, dann war es ganz sicher nicht sie, darauf legte sie allergrößten Wert. Zu tief waren die Wunden, die ihr die zwei wichtigsten Männer ihres Lebens zugefügt hatten.

Zunächst hatte ihr Vater die Familie verlassen, um alleine nach Israel auf Spurensuche in die eigene Vergangenheit zu reisen, als sie acht Jahre alt gewesen war. Dort angekommen hatte er seine Ahnensuche rasch beendet, um mit seiner neuen Frau Rahel, die er im Kibbuz kennen und lieben gelernt hatte, eine neue Familie zu gründen. Jahrelang hatte Kathi ihm Briefe geschrieben, in denen sie gefühlsbetont aus ihrem Mädchenleben erzählt hatte. Von ihren Freundinnen, die abwechselnd die allerbesten, liebsten und lustigsten waren, kurz gesagt mit ihr durch dick und dünn gingen, um bereits im nächsten Brief zur allerletzten, gemeinsten und von Grund auf falschen, blöden Kuh zu mutieren. Sie erzählte von der Schule, ihrer Lehrerin und den ausgezeichneten Leistungen, die sie mit konsequentem Lernen erbrachte, und von denen sie hoffte, dass Papa stolz auf seine Kathi sein würde. Sie schrieb von ausgefallenen Milchzähnen mit megapeinlichen Zahnlücken, über die die Jungs ihrer

Klasse spotteten, und alles was sonst das Leben einer Achtjährigen bestimmte. Am Schluss jedes Briefes fügte sie eine liebevoll mit Filzstiften ausgemalte Zeichnung von Papa und Kathi auf einer Blumenwiese, am Strand mit Wellen im Hintergrund oder beim gemeinsamen Kirschenpflücken bei. Mit der Zeit jedoch verschwand Papa aus ihren Zeichnungen, schlicht und einfach aus dem Grund, weil sie sich nicht mehr an ihn erinnern konnte und irgendwann auch nicht mehr wollte. Das Warten auf eine Antwort ihres Vaters und die regelmäßige Enttäuschung machten sie jedes Mal aufs Neue zum traurigsten Mädchen von Wien. Einen Brief, oder einfach irgendein Lebenszeichen, hatte sie niemals erhalten und irgendwann musste sie sich die Sinnlosigkeit ihrer Bemühungen eingestehen. Kurz nach ihrem vierzehnten Geburtstag beschloss sie ihren Vater für alle Zukunft zu hassen, keine Briefe mehr zu schreiben und möglichst keinen Gedanken mehr an ihn zu verschwenden.

Jahrelang hatte sie die Schuld für das Verschwinden ihres Vaters verzweifelt bei sich gesehen, hatte fieberhaft nach Antworten gesucht und war auf keinen grünen Zweig gekommen. War er ihrer rotzfrechen Antworten leid gewesen? Konnte er die permanenten Störungen beim Lesen der Sonntagszeitung nicht mehr ertragen? War er von ihr enttäuscht gewesen, als sie beim Lesewettbewerb in der Schule zu stottern begonnen hatte und dann in Tränen aufgelöst vom Podium gelaufen war? Kathi konnte keine Erklärung finden und gab trotzdem die Suche danach niemals auf. Ihre Mutter, die von der ganzen Situation völlig überfordert war, drückte sich so lange um entscheidende Antworten, bis sie notgedrungen, um einige Jahre zu spät, mit der Wahrheit herausrückte. Ja, sie waren totunglücklich miteinander gewesen, wüste Streitereien, Handgreiflichkeiten, gegenseitige Beleidigungen, lustvolle Demütigungen, bis sie eines Tages aus heiterem Himmel ihre Jugendliebe wiedergetroffen hatte, Aufblitzen alter Erinnerungen, der Glaube, die Zeit zurückdrehen zu können, ungestüme Liebesäußerungen, ein kurzer Flug im siebenten Himmel, Herauskramen alter lilafarbener Liebesbriefe, Vergessen am Nachtkästchen, völliges Entgleisen der Situation, der Vater stößt sie zu Boden, beschimpft sie als billige Hure, schüttet ihr wutentbrannt das Glas Wein ins Gesicht, sie wirft ihn bitterlich weinend aus der Wohnung, der langersehnte Märchenprinz bekommt kalte Füße und kehrt reumütig ins traute Familienglück zurück. Für Kathi war es eine späte Erleichterung gewesen, aber sie wusste, dass sie der Mutter das lange Schweigen niemals verzeihen würde. Gleichzeitig ahnte sie, dass sie dem Vater am Tag ihres Wiedersehens alles vergeben und sich als sein „kleines Mädchen" an ihn schmiegen würde.

Dann kam Tom. Sie lernten sich über einen gemeinsamen Bekannten auf einem Uni-Festl an der Technischen Universität am Karlsplatz kennen. Tom studierte Architektur und gefiel ihr erst auf den zweiten Blick, dann allerdings nahmen sie seine, unter einer dicken Hornbrille versteckten, unfassbar blauen Augen und die bis zu den Schultern reichenden Wuschellocken für immer in Gefangenschaft. Von Anfang an spürten beide, dass sie etwas Besonderes waren, dass ein Feuer zwischen ihnen loderte und sie sich magnetisch anzogen. Schon am ersten Abend verabschiedeten sie sich nach langen, intensiven Küssen auf die Uni-Toilette, wo sie innerhalb kürzester Zeit die Unterwäsche abstreiften. Tom übernahm die undankbare Aufgabe, auf dem für Univerhältnisse durchschnittlich verdreckten Boden zu knien. Kathi bückte sich über ihn und nahm sein stark erigiertes Glied in ihre erwartungsvolle Scheide auf. Sie spürte, dass sie perfekt zueinander passten und genoss es, seinen kräftigen Penis in sich aufzunehmen. Es war fast schon kitschig, als sie zeitgleich den Höhepunkt erreichten, um kurz darauf engumschlungen gemeinsam zu erschlaffen. Für Kathi war an diesem Abend eine Türe aufgegangen, die sie von sich aus nie wieder geschlossen hätte.

Die Zeit, die darauf folgte, war mit Sicherheit die schönste, aber auch intensivste, in Kathis Leben. Die Vertrautheit, die sich mit Tom innerhalb kurzer Zeit einstellte, verblüffte beide. Sie konnten es kaum erwarten, wenn sie sich nach ihren Vorlesungen im Cafe Heine verabredeten. Obwohl Kathi, im Gegensatz zu Tom, schon einiges an sexueller Vorerfahrung aufzubieten hatte, war die Intensität, mit der sie sich liebten auch für sie eine völlig neue Erfahrung; eine Erfahrung, die sie voneinander abhängig machte. Dazu kam eine geradezu unheimliche Nähe, der sie sich völlig hingaben. Wenn man sie gemeinsam auf den Straßen Wiens entlangbummeln sah, war für jedermann, der sie sah, unschwer zu erkennen, dass sie füreinander bestimmt waren. Kathi hatte zum ersten Mal im Leben das Gefühl, in ihrem Heimathafen angekommen zu sein und gab sich diesem Glück ohne jegliche Rückversicherung hin.

Im Gegensatz zu Kathis offener, aber auch offensiver Art, die Dinge in die Hand zu nehmen, war Tom deutlich zurückhaltender, überlegter, mehr „Kopfmensch", und so wurde ihm ihr Überschwang und Drängen auf eine gemeinsame Zukunft, das Zusammenziehen in eine gemeinsame Wohnung und der Wunsch nach Gründung einer Familie irgendwann zu viel. Als freiheitsliebender Geist hasste er es, wenn jemand Druck auf ihn ausübte, außerdem fühlte er sich noch zu jung, um sich definitiv zu binden. Also beendete er die Beziehung mittels kurzer e-mail: "liebste kathi, wir hatten die schönste, gemeinsame zeit, die man sich vorstellen kann, ich werde dich immer in erinnerung behalten. ich weiß, dass unser gemeinsamer weg hier endet. die wünsche, die du hast, kann und will ich dir momentan nicht erfüllen und so finde ich es fair, den anderen ziehen zu lassen. ich weiß, dass so eine mitteilung per mail so ungefähr die beschissenste aktion ist, die man sich vorstellen kann, aber ich weiß auch, dass ich, dir gegenüber sitzend, schwach werden und der abend im bett enden würde. liebste Kathi, verzeih mir, wünsch dir das allerbeste, keep u in my heart, take care, sweetheart".

Mit allem hatte Kathi gerechnet, nur damit nicht. Tom erwischte sie komplett am falschen Fuß. Sie hatte in ihrer Vorstellung ein konkretes Bild einer gemeinsamen Zukunft entwickelt, hatte auf einen Heiratsantrag gehofft, sich kleine, wuschelköpfige Kinder vorgestellt, ihnen Vornamen gegeben und jetzt das. Kathi konnte nicht glauben, was sie da auf ihrem Laptop las, glaubte zunächst an eine Verwechslung oder einen Aprilscherz, bis sie realisierte, dass Tom untergetaucht war, am Handy nicht mehr erreichbar, wie vom Erdboden verschluckt.

Keiner ihrer Freunde konnte oder wollte weiterhelfen, es war, als hätte sich Tom auf einen anderen Planeten gebeamt. Nichts hätte Kathi mehr verletzen können, tagelang fand sie keinen Schlaf, bis ihr Schlaftabletten diese Last erleichterten. Sie versank in komplette Agonie, abwechselnd mit quälenden Fragen nach dem Warum, zog sie sich komplett zurück und musste den drängenden Wunsch nach Suizid mehrfach unterdrücken. Kathi verlor ein komplettes Semester des Studiums, hatte keine Kraft, ein Buch aufzuschlagen, geschweige denn, stupide Pharmakologie auswendig zu lernen. Erst mit Hilfe eines Psychotherapeuten der Kriseninterventionsstelle schaffte sie es Stück für Stück aus ihrem Schneckenhaus zu kriechen und ihr Studium fortzusetzen. Aber diese Zeit war mit Abstand die grauenvollste Prüfung ihres jungen Medizinerlebens.

Kathi war „darüber hinweggekommen", aber die Wunden, die ihr zugefügt wurden, würden sie ihr Leben lang begleiten. Insofern war es durchaus verständlich, dass sie absolut keinem Träger eines y-Chromosoms Macht oder Einfluss auf ihr Leben gestattete. Stets trachtete sie danach, die „Zügel ihres Lebens" in eigenen Händen zu behalten. Doktor Lenzbacher konnte diese Verletzungen gut nachvollziehen, trotzdem fand er, dass es konstruktiver wäre, irgendwann mit den „alten Geschichten" abzuschließen, um für Neues offen zu sein. Er gab sein therapeutisch Bestes, ließ den Vater und Tom in Puppengestalt, als leeren Stuhl, aber auch in Kathis Fantasie wiederauferstehen, einfach um ihr eine Möglichkeit der Konfrontation, Aussprache und in weiterer Folge Verabschiedung, beziehungsweise finale Aussöhnung, zu ermöglichen.

Er förderte jegliches Ausleben aggressiver Emotionen und Gedanken, welche Kathi ausdrucksstark nützte. Allein, weder Verabschiedung noch Aussöhnung fanden statt, Kathi verharrte in ihrer verletzten Position und bewegte sich, wenn überhaupt, nur Millimeter in die von Doktor Lenzbacher gewünschte Richtung. Zeitweise überlegte er sogar, ob ihre Sitzungen noch Sinn machten, da ihm ihr in letzter Zeit aus dem Ufer laufendes, leider stimulierendes, Sexualleben außergewöhnliche Sorgen bereitete.

*17
„Arztbrief für Holzgruber Julia, geboren am 26.8.1948, stationär auf der Interne-II Station vom 8.5. bis zum 25.5.2012, Diagnosen: bekannter insulinabhängiger Diabetes mellitus Typ II, arterielle Hypertonie, Ulcus cruris rechter Unterschenkel, Hypercholesterinämie, Zn. Tiefer Beinvenenthrombose., Anamnese: die stationäre Aufnahme erfolgt nach Zuweisung vom niedergelassenen Hausarzt Dr. Pokorny bei schlecht eingestelltem Typ II Diabetes…" In diesem Augenblick brummte Kathis Dienstpager. Sie hasste es, Tonnen alter Krankengeschichten aufzuarbeiten, aber wenn sie sich schon dazu aufraffte, dann brachte es sie zur Weißglut, wenn sie jemand im Diktat störte. Da sie jedoch als Adressaten der Benachrichtigung ihren Vorstand erkannte, blieb ihr für den Moment nichts anderes übrig, als ihre literarischen Ergüsse zu unterbrechen und sich zu melden.

Unwillig rief sie die auf dem Pager angegebene Nummer zurück, um die süßlich säuselnde Stimme von Professor Bernhards Chefsekretärin zu vernehmen„Chefsekretariat, Nemecek, Sie sollen sofort zum Herrn Primarius kommen." Aus bitterer Erfahrung wusste Kathi, dass Widerrede oder gar Bitte um einen späteren Termin reine Zeitverschwendung, vermutlich sogar kontraproduktiv, waren, da ein fürchterlicher Wutausbruch die unmittelbare Folge sein konnte. „Bin schon am Weg, könnten Sie mir bitte in der Zwischenzeit einen Kaffee hinstellen, bräuchte echt eine Stärkung nach dem Nachtdienst?" „Sonst noch Wünsche, soll ich vielleicht noch schnell in die Konditorei huschen?", war die pikierte Antwort von Fräulein Nemecek. Sie war an überbordender Freundlichkeit wieder einmal nicht zu überbieten und legte mit wütendem Schnauben den Hörer auf.

Ohne Kaffee betrat Kathi das Heiligtum von Herrn Primarius Bernhard, von ihm kurz „war-room" bezeichnet, womit er nebenbei sein geschichtliches Fachwissen unterstrich. Dieses Zimmer war sein ganzer Stolz, in einem wirren Mischmasch ohne jeglichen Geschmack gestylt. Unbequeme, kalte Edelstahlmöbel traten in Konflikt mit alten, geschmacklosen Ölschinken, auf denen blutrünstige Bibelszenen inszeniert waren; eine vermutlich sündteure chaise longue, mit purpurrotem Samtstoff bezogen, schlug sich mit einer riesigen, Halogenlicht verströmenden Bogenstehlampe. Nichts passte zusammen, aber Herr Professor Bernhard schien sich wohlzufühlen und forderte Kathi auf vis-a-vis seines Schreibtischungetüms, einem massigen, in marokkanischer Handarbeit gefertigten Stück aus Thujawurzelholz, Platz zu nehmen.

„Liebe Frau Doktor Goldblum", nichts war bedrohlicher als diese Ansprache und Kathi ging innerlich automatisch in Deckung, „der Grund unserer spontanen Zusammenkunft ist ein äußerst besorgniserregender. Die Wiener Rettung hat mich soeben vom Ableben von Frau Jovanovic in Kenntnis gesetzt, Gott hab sie selig. Die Dame wurde von ihrem Sohn Mirko leblos im Bett aufgefunden, worauf er mit einer Laienreanimation begonnen und die Rettung verständigt hat. Der eintreffende Notarzt konnte nur mehr den Stunden zurückliegenden Tod der Frau feststellen."
„Und was hat das mit unserer Abteilung zu tun?", wagte Kathi eine Zwischenfrage zu stellen, hätte aber besser

daran getan, es bleiben zu lassen. „Werte Kollegin", antwortete Professor Bernhard mit aller ihm zur Verfügung stehenden Arroganz, „wenn sie mich zu Wort kommen lassen würden, könnte ich ihnen den Zusammenhang erläutern. Frau Jovanovic wurde an unserer, sprich meiner, Abteilung vor einer Woche entlassen, nachdem sie aufgrund einer Lungenentzündung hauptverantwortlich von Ihnen, werte Frau Kollegin, betreut wurde. Laut Schilderung ihres geschätzten Sohnes sei sie seitdem nicht mehr die Alte gewesen. Im Gegenteil, sie hätte sich um vieles schlechter und vor allem schwächer gefühlt als vor der stationären Aufnahme."
„Und warum sind sie dann nicht wiedergekommen, wenn es Frau Jovanovic zu Hause so schlecht gegangen ist?", versuchte Kathi wiederum eine Frage einzuwerfen.

„Jetzt wirds mir aber langsam wirklich zu blöd", brauste Professor Bernhard mit seiner geballten, cholerischen Energie auf, „Inkompetenz gepaart mit vorlauter Frechheit ist eine an meiner Abteilung untragbare Kombination. Ich werde sie sofort davon in Kenntnis setzen, wo der Hund begraben liegt", er liebte es Wortspiele in seine Rügen einzubauen, auch wenn sie, wie in diesem Fall, völlig unpassend waren," Mirko Jovanovic, der höchst streitbare, serbische Sohn, beschuldigt uns über die Patientenanwaltschaft, für den Tod seiner geliebten Mutter verantwortlich zu sein. Er wirft uns vor, also eigentlich ihnen, werte Kollegin, dass wichtige Befunde nicht erhoben wurden. Sie sei unzureichend diagnostisch abgeklärt, beziehungsweise aufgrund eines Bettenmangels viel zu früh nach Hause entlassen worden."

„Verstehe, es geht um finanziellen Schadensersatz?", versuchte Kathi etwas Ordnung in die erhobenen Vorwürfe und in ihre in Aufruhr versetzte Gedankenwelt zu bringen. „Wenns so einfach wäre, hätten wir das längst erledigt. Nein, Herr Jovanovic möchte in archaischer Art und Weise den Tod seiner Mutter rächen, und den dafür verantwortlichen Arzt, sprich sie, Frau Doktor Goldblum, für immer aus dem Verkehr ziehen. Auge um Auge, Zahn um Zahn. Er ist fest dazu entschlossen, den Rechtsweg zu bestreiten, in die Öffentlichkeit zu gehen, mit einem Wort alles zu unternehmen, meine Abteilung zu vernichten, und das werde ich zu verhindern wissen." Mit verschränkten Armen und grimmig zusammengezogenen Augenbrauen unterstrich der Professor den Ernst der Situation und ließ keinen Zweifel darüber aufkommen, dass mit ihm nicht zu spaßen war. Offensichtlich war die Unterredung aus seiner Sicht beendet, das Wesentliche gesagt und Kathis Gegenwart somit nicht mehr erforderlich. Er begann in seinem Organizer herumzukritzeln und nippte an seiner Espressotasse.

Kathi sank tief in die unbequemen Büromöbel zurück. Eine plötzlich auftretende Übelkeit nahm ihr jede Möglichkeit, ihre Gedanken zu sortieren, geschweige denn, adäquat zu reagieren. Sie erlebte eine solche Situation zum ersten Mal und wurde von der existenzbedrohenden Wucht der Vorwürfe geradezu erschlagen, hatte keine Ahnung, was sie nun tun sollte. Mit der Hilfe ihres Chefs konnte sie mit Sicherheit nicht rechnen, er würde sie, um die Abteilung und vor allem seinen Kopf zu retten, auf dem Silbertablett servieren. Benommen und ohne Boden unter den Füßen wiederzugewinnen, verließ sie grußlos den verhassten „war-room", um sich weinend in ihr Dienstzimmer zurückzuziehen und ihre Wunden zu lecken.

*18
„Kathi, kannst du mir bitte einen Venenzugang bei Frau Hofstätter stechen, die Arme ist jetzt schon achtmal vom Turnusarzt verstochen worden und er wirkt nicht so, als ob er in den nächsten Stunden aufgeben würde", wie üblich war Schwester Eva ohne anzuklopfen ins winzige, fensterlose Dienstzimmer von Kathi gestürmt, wenn sie auf der Station etwas dringend brauchte. Völlig unerwartet fand sie ein Häufchen Elend, das über dem Schreibtisch, inmitten von Bergen dicker Krankengeschichten, zusammengesunken und reglos kauerte und dem offensichtlich die Tränen zum Weinen ausgegangen waren. Leichenblass mit leerem Blick empfing sie Kathi, ohne sie wirklich wahrzunehmen.

„Um Gottes Willen, Kathi, was ist passiert? Deine Mutter?" Es dauerte eine knappe Minute, bis Kathi antworten konnte, offensichtlich war etwas höchst Verstörendes passiert und hatte sie komplett aus der Bahn geworfen.„Frau Jovanovic, die Lungenentzündung...hab was übersehen....jetzt ist sie tot und ich bin schuld", stammelte sie unzusammenhängend.
„Jetzt mal ganz langsam, zurück zum Anfang. Was genau ist passiert?" Obwohl sich Kathi nur langsam erfing, gelang es ihr schließlich doch, den gerade erlebten Schrecken einigermaßen geordnet wiederzugeben.

Eva legte die Arme um Kathi und drückte sie beruhigend an ihren weichen Busen, tröstend redete sie eindringlich auf die mit einem Mal unvorstellbar zerbrechlich wirkende Kathi ein, „ Jetzt mal ganz langsam, vielleicht ist alles halb so schlimm und die ganzen Vorwürfe lösen sich in Luft auf. Warte als erstes einmal ab, was bei der

Obduktion herauskommt, vielleicht besteht überhaupt kein Zusammenhang zwischen dem Tod und deiner ärztlichen Betreuung und Frau Jovanovic wäre so oder so abgekratzt." Mit einem Mal hatten sich ihre Rollen vertauscht und Eva war ansatzlos in die mütterlich tröstende Funktion gewechselt. „Ich denke, den heutigen Tag kannst du sowieso abschreiben, geh nach Hause, lass dir ein schönes Schaumbad ein, tu dir was Gutes und leg dich früh ins Bett. Du wirst sehen, morgen sieht die Welt schon wieder ein Stückchen freundlicher aus und wer weiß, vielleicht kannst du bald über die ganze Geschichte lachen?" Kathi brachte gerade noch die Kraft dafür auf, den pflegerischen Anweisungen von Eva Folge zu leisten und schlich geknickt und wie von Sinnen nach Hause.

Eva hingegen kehrte an den Stützpunkt ihrer Station zurück. Während sie mit routinierter, sicherer Hand den Stationsalltag regelte, indem sie die Dienstpläne ihrer Schwestern korrigierte, die vorhandenen Medikamente prüfte und nachbestellte und gleichzeitig nebenbei das Bettenmanagement ihrer Station koordinierte, ließ sie die soeben gehörte Geschichte innerlich nachklingen. Die Reaktion Kathis war gut nachvollziehbar, sie wusste, dass man nach einem begangenen Fehler im Spital alleine im Regen stand und sich der Rest der Kollegen reflexartig von einem distanzierte. Innerlich froh darüber, selbst nicht betroffen zu sein, mokierten sich die anderen über „das völlig unverständliche Blackout" des fachlich ohnehin immer schon bedenklich schwachen Mitarbeiters. Diese Reaktion und das Gefühl der völligen, sozialen Ächtung waren mit Sicherheit das schlimmste, was einem im Krankenhaus passieren konnte. Eva hatte schon einmal eine Krankenschwester verloren, die irrtümlich eine für einen anderen Patienten bestimmte Blutkonserve verabreicht hatte und mit einer fristlosen Kündigung und einem unanfechtbaren Berufsverbot belegt wurde. Völlig alleingelassen fiel diese in eine tiefe Depression und sprang in ihrer Verzweiflung vor die U-Bahn, was dann wiederum zu einer scheinheiligen Trauerreaktion mit einer Gedenkmesse in der Spitalskapelle führte, an der nahezu die gesamte sensationslüsterne Belegschaft teilnahm. Grauenhaft, Eva wollte gar nicht mehr daran denken. Um so mehr musste sie jetzt Kathi im Auge behalten, denn diese konnte mit Sicherheit nicht mit der Rückendeckung ihres Vorgesetzten rechnen.

*19
Der kalte Herbstwind bauschte die langen, weißen, bis zum Boden reichenden Gardinen und strich leise pfeifend durch die meterhohen, leeren Spitalszimmer. Zu kleinen Häufchen versammelte Ahornblätter wirbelten immer wieder auf, um sich verspielt an einem anderen Platz zu neuen Formationen zusammenzufinden. Es herrschte eine frostige Kühle und die Umgebung war von zartem Pfefferminzgeruch erfüllt. Obwohl die kalten Räume eine friedliche Stille vermittelten, erschienen sie für Kathi im höchsten Maße bedrohlich.

Sie war auf der Flucht, sie hastete, panisch nach einem Ausweg suchend, durch die ehemals sterilen, weiß getünchten Spitalsflure, in denen vor langer Zeit psychiatrische Patienten ruhiggestellt und an ihre Betten fixiert wurden. An den Wänden fanden sich noch immer verworrene Zeichnungen und vergilbte Familienfotos der ehemalig Hilfesuchenden. Kathi erschienen die Räume wohlvertraut, sie wusste, dass sie schon einmal hier gewesen war, trotzdem war es ihr unmöglich zu sagen, wo sie sich aufhielt.

Sie wusste einerseits genau, wohin sie laufen musste, um ihre Verfolger auf Abstand zu halten, hatte aber auf der anderen Seite keine Ahnung, wo sie eigentlich war. Auf dem alten grau gemusterten Linoleumboden lagen scheinbar ohne jegliche Ordnung alte Kindheitserinnerungen von Kathi herum, mehrere alte Comixhefte, die sie früher verschlungen hatte, ihr alter brauner Teddybär, dem sein linkes Knopfauge abhanden gekommen war, aber auch ihr verrosteter, gelber Tretroller, mit dem sie ihre Umgebung verunsichert hatte.

Gerne hätte sie sich die Gegenstände näher angesehen, hätte ihren Teddy an sich gedrückt, aber die stampfenden Schritte und der keuchende Atem der Männer näherten sich stetig und trieben Kathi gnadenlos vor sich her. Sie durfte keine Zeit verlieren, musste die Nerven behalten und versuchen, nicht komplett überzuschnappen.

Kathi hastete durch die labyrinthartig zusammenhängenden Räume, sorgfältig darauf achtend, nicht über die herumliegenden, geliebten Gegenstände zu stolpern oder auf den Blättern auszurutschen. Wer die Männer waren, vor denen sie flüchtete, oder was sie eigentlich von ihr wollten, hätte sie nicht sagen können, aber sie wusste, dass sie auf keinen Fall in ihre Hände geraten durfte. Sie durfte sich keinen Fehler erlauben, musste das Pack auf Abstand halten, sonst.....

Was dann passieren würde, wollte sie sich nicht ausmalen. Nie bekam sie ihre Verfolger zu Gesicht und trotzdem wusste sie, dass sie ihr dicht auf den Fersen waren. Kathi versuchte durch in andere Richtungen geöffnete Türen falsche Fährten zu legen und versteckte sich für einige Momente hinter den Gardinen, um verzweifelt nach Luft zu ringen, bevor sie ihre Flucht fortsetzen konnte. Gerade als ihr auffiel, dass es rundherum verdächtig still geworden war und sie vorsichtig zwischen den Vorhängen hervorlugen wollte, packte sie der eiserne Griff einer übermächtigen Männerhand am Arm. Zu Tode erschrocken pulsierte das nackte Grauen durch jede Ader ihres zarten Körpers. Mit allerletzter Kraft befreite sie sich mit einer reflexartigen Drehung aus der stählernen Fessel, machte am Absatz kehrt und sprang kopfüber durch das geöffnete Spitalsfenster.

Mit einem noch unsicheren Gefühl der Rettung erwachte sie mit rasendem Puls und schweißdurchnäßtem Nachthemd. Ungemein langsam realisierte sie, dass sie wieder einmal geträumt hatte und die bedrohlichen Schattenmänner nur in ihrer Fantasie existierten. Diese Träume bedrängten sie seit dem plötzlichen Verschwinden ihres Vaters und quälten sie oft mehrmals die Woche, machten ihre Nächte zu grauenvollen Achterbahnfahrten. Anfänglich waren es gewöhnliche Alltagssituationen, die sie mit ihrem Vater erlebt hatte. Sie fuhren gemeinsam Rad auf der Donauinsel, schwammen in der alten Donau oder kochten Kathis Lieblingsgericht, Gemüse-Lasagne. Sie konnte sein Lachen hören, erkannte seinen vertrauten Geruch, liebte die Späße, die er machte. Umso schmerzhafter war das Erwachen, erbarmunglos raubte ihr das Fehlen des Vaters, jedes Mal aufs Neue, den Atem. Immer wieder prallte sie mit unbarmherziger Wucht in die kalte Realität, in der sie ihren Papa wahrscheinlich nie wiedersehen würde. Irgendwann verbot sie sich, jemals wieder von ihm zu träumen oder Gemüse-Lasagne zu essen. Erstaunlicherweise gelang ihr das bis zum heutigen Tag. Allerdings traten an Stelle der geliebten Erinnerungen grauenhafte Alpträume, die sie seitdem gnadenlos verfolgten und gegen die auch ihr Therapeut kein Rezept wusste.

Für den Moment jedoch war sie heilfroh, entkommen zu sein. Einschlafen würde sie die restliche Nacht wohl trotzdem nicht mehr können und so beschloss sie, die

Zeit sinnvoll mit der Vorbereitung auf ihre Facharztprüfung zu nützen. Kaum hatte sie jedoch ihr „Textbook of internal medicine" aufgeschlagen und mit dem Kapitel über Herzinfarkte begonnen, überkam sie ein überwältigendes Schlafbedürfnis. Kathi nickte über dem geöffneten Buch ein und fiel für den Rest der Nacht in ein tiefes, traumloses Nichts.

*20
Alfred hatte sich schon damit abgefunden, die Nacht alleine in dem für eine Person irreal großen Wasserbett zu verbringen. Sonja, auf deren beharrlichen Wunsch das Ungetüm vor einem Jahr angeschafft wurde, kroch knapp vor dem Morgengrauen unter die gemeinsame Decke, nachdem sie ihr einziges Kleidungsstück, ein silberglänzendes Designerseidenkleid, achtlos auf den Boden gleiten ließ. Möglichst leise versuchte sie den vermeintlich schlafenden Ehemann nicht zu wecken, nicht jedoch, weil sie sich Sorgen um die Nachtruhe ihres Mannes machte, sondern schlicht und einfach um einer weiteren, nervenden Konfrontation zu dieser Unzeit aus dem Weg zu gehen. Ohne tiefere Psychologiekenntnisse drückte ihre ganze Körpersprache den dringenden Wunsch nach Ruhe und Schlaf aus. Sie hatte sich nicht einmal die Mühe eines kurzen Abduschens gemacht, sodass sie ein ganzes Potpourri an Gerüchen verströmte. Abgestandener Zigaretten-Beiselgestank mischte sich mit den Ausdünstungen eines langen, schweißtreibenden Tages, zusätzlich nahm Alfred den Duft eines herben Parfums wahr, das mit Sicherheit nicht das ihre wahr, ihm aber trotzdem unangenehm vertraut erschien. Ohne seinen olfaktorischen Wahrnehmungen weiter nachzugehen, entschloss er sich, den ersten Schritt auf Sonja zuzugehen und rückte auf ihre Hälfte, um sich an ihren Rücken zu kuscheln.

„Alfred, bitte, ich bin todmüde und brauch echt noch eine Runde Schlaf, außerdem ertrag ich deine Nähe jetzt überhaupt nicht", um sogleich noch ein weiteres Stück an den äußersten Rand ihrer Betthälfte fort zu rücken. „Weil deine Nähe so betörend ist! Du stinkst, als hättest du

sämtliche Beisel von Wien und was sonst noch dazu gehört, abgeklappert. Wo warst du überhaupt, das werde ich als dein Mann ja noch fragen dürfen, oder? " Schön langsam verlor Alfred die Geduld, eigentlich wollte er sich versöhnlich zeigen, aber wenn sie es so wollte, konnte er genauso grauslich wie sie sein.
„Und wenn ich mich durch ganz Wien gesoffen hätte, was kümmerts dich? Bin ich dir vielleicht jetzt auch noch Rechenschaft schuldig?" Sonja hatte sich im schwabbelnden Bett aufgesetzt und blickte ihrem Ehemann hasserfüllt in die Augen, "Lass mich einfach in Ruhe, ich kann deine ständigen Vorhaltungen definitiv nicht mehr ertragen. Und überhaupt, wenn du bei mir so streng bist, hast du in den letzten Wochen irgendwann auch einmal an deinem aufgeschwemmten Scheißkörper gerochen, der verdammte Fusel stinkt aus allen deinen Poren, du widerst mich an." Ok, so grauslich wie sie, konnte er dann doch nicht sein, also versuchte er, neuerlich einzulenken.

„Sonja, bitte, so kann es mit uns nicht weitergehen, lass uns versuchen, unsere Probleme anzugehen, eine Paartherapie zu machen, uns eine gemeinsame Auszeit gönnen, was auch immer, bitte, wir müssen etwas unternehmen." Versöhnlich versuchte Alfred nach Sonjas Hand zu greifen. Vom unerwarteten Körperkontakt erschrocken zusammenzuckend, entriss sie die vereinnahmte Hand und drehte sich bestimmt zur Seite. „Alfred, ich bin wirklich hundemüde, lass uns drüber schlafen und morgen weiter reden", für Sonja war die Angelegenheit hiermit erledigt. Innerhalb eines Augenblickes klinkte sie sich aus der Diskussion und stimmte ein sanft schnarchendes Atemgeräusch an.

Für Alfred hingegen war die Nacht gelaufen. Er wusste, dass er sich die restlichen Stunden hin- und herwälzen würde und ihn die kreisenden Gedanken keine Ruhe finden lassen würden. Zu oft schon hatte er solche Nächte durchlebt, Nächte, in denen er keine Sekunde geschlafen hatte und die ewig gleichen Vorwürfe, Beschuldigungen und Verdächtigungen seinen Geist an den Rand des Wahnsinns trieben. War ihre Ehe wirklich nur mehr auf dem Papier von Bestand, klammerte er sich an etwas, nur um nicht alleine zu sein? Gab es einen anderen? Rächte sie sich jetzt für sein kurzes Abenteuer mit Kathi? War er zu nachlässig gewesen, hätte er Sonja wie zu Anfang mehr auf Händen tragen sollen? Und überhaupt, wie konnte sie jetzt nur schlafen, das alleine war doch schon ein untrügliches Indiz ihrer unerträglichen Gefühlskälte?

Die Situation erschien ihm hoffnungslos, und wie immer in solchen Momenten, übermannte ihn die Sehnsucht und der Drang nach der einfachen Lösung mittels einer guten Flasche Wein. Wenn er erst die kreisenden Gedanken aus seinem Kopf gespült hatte, würde sich schon ein Ausweg finden. Zugleich wusste er, dass es diese Lösung so nicht geben würde und er mit seiner hochprozentigen Vorliebe nicht nur Sonja, sondern sein gesamtes Leben, seinen Beruf aufs Spiel setzte.

Und trotzdem konnte er nicht umhin, sich in der Küche eine Flasche Beaujolais zu öffnen, zu groß war sein Verlangen, zu klein seine Befürchtungen. Mit dem ersten Schluck Rotwein, der sich zart an seine Magenschleimhaut schmiegte, spürte er, wie sich sein Körper angenehm entspannte und der gerade noch verspürte Druck ein wundersames Ventil fand. Seine Stimmung jedoch jagte weiter in den zweistellig negativen Bereich, sodass er sich einsam, wie schon lange nicht, fühlte und mit einem Mal die Hoffnung auf einen Weg aus der Misere gänzlich verloren ging. Manchmal, wenn er sich in dieser Stimmung verlor, spürte er eine ungemeine Schwere, die sein Leben, sein gesamtes Sein, belastete und, einem Betonklotz gleich, immer tiefer und tiefer nach unten zog. Auf der anderen Seite wuchs der Wunsch, sich dieses Gewichtes zu entledigen und davonzumachen. Warum nicht, was war es denn noch wert, sein altes, verbrauchtes, nutzloses Leben, das er, wie Sonja so treffend festgestellt hatte, doch niemals auf die Reihe bringen würde.

Wie zur Bestätigung kramte er aus einer Küchenlade einen dicken Schreibblock hervor und notierte einen kurzen Absatz, der ihm in den Sinn kam und der sein ganzes Elend ausdrückte: „Tanzende Gummibären verrecken glücklich glucksend im Nu, vertrottelte Klinikclowns tun den Rest dazu, nichts hält uns zurück , die Welt dreht sich weiter ein sinnlos Stück" Unfassbar, wenn er wenigstens schreiben könnte, hätte er zumindest ein Ausstiegsszenario, so aber war er auf Gedeih und Verderb seinem Broterwerbsjob ausgeliefert. In seinem Lebensfrust, nach einer zweiten und einer nahezu geleerten, dritten Flasche Rotwein, rief er Fräulein Nemecek an, um sich für diesen Tag krank zu melden. Als Vorwand führte er eine böse Lebensmittelvergiftung an, was ja genau genommen den Tatsachen entsprach, um kurz darauf auf die Wohnzimmercouch sabbernd, ein grimmiges Schnarchen anzustimmen.

*21
„Timothy, Timothy, das hätte ich nicht von dir gedacht, du widersetzt dich meinen Befehlen, du bist ja wirklich ein ganz schlimmer Finger, du lässt mir keine andere Wahl, als dich deiner gerechten Strafe zuzuführen, du kleiner geiler Dreckskerl." Zeitgleich sauste die neunschwänzige Katze surrend durch die Luft, um mit einem satten Klatschen auf dem nicht mehr ganz taufrischen Hinterteil von Doktor Timothy Lenzbacher zu landen, worauf dieser voller Inbrunst aufstöhnte und seiner Rolle entsprechend um Gnade winselte.

Hochaufgerichtet mit strenger Dominamiene baute sich „Lady Lack" hinter Timothy auf, um den nichtsnutzigen Sklaven zu bestrafen. Über ihrem Kopf trug sie eine nur mit Augen- und Mundschlitz versehene Maske, die zur Gänze mit funkelnden Glaskristallen, die in allen Farben dieser Welt schimmerten, überzogen war. Das ganze, mit allen Finessen eingerichtete SM-Studio war von zitternden, rostroten Lichtreflexen durchzogen, die von einer Stroboskoplampe ausgingen. Im Gegensatz dazu war der hautenge, weiße Ganzkörperlackanzug, der den androgynen Körper von Lady Lack überzog, geradezu unspektakulär. Nichtsdestotrotz betonte er, Timothy aufs äußerste stimulierend, Lady Lacks perfekt durchtrainierten Körper. Auf der einen Seite umhüllte er die chirurgisch in höchster Präzision gestalteten Brüste, andererseits zeichnete sich der wohlgeformte, kräftige Penis unter der zweiten Lackhaut ab. Den krönenden Abschluss bildeten seine bis zu den Knien reichenden schwarz glänzenden Lederstiefel, in denen sich die Domina mit einer Selbstverständlichkeit bewegte, als hätte sie ihr ganzes Leben darin verbracht.

An ihre Seite schmiegte sich die kurz „Pussy" genannte Sub, die sich katzengleich auf allen vieren bewegte. Über einen Ring der O, den sie um ihren schlanken, wohlgeformten Hals trug, war sie mittels eleganter Silberkette mit Lady Lack verbunden, um von dieser immer wieder scheinbar zur Ordnung gerufen zu werden, indem sie Pussy abrupt zu sich zog. Pussy war eine zierliche Frau mit akkurat geschnittenen Stirnfransen und einer großen, roten, an den Seiten hochgezogenen Fünfzigerjahre-Brille. Ihre zarten, wohlgeformten Brüste waren von einer, am Rücken zusammen gezurrten Lederkorsage als einzigem Kleidungsstück umspannt. Die auf den ersten Blick unscheinbaren Gesichtszüge spiegelten einen asiatischen Gleichmut, der in wunderbarem Kontrast zu Lady Lack stand. Der für Timothy mit Abstand aufregendste Körperteil war hingegen die glattrasierte Muschi mit den darüber liegenden Haaren, die zu einem schmalen Strich zusammen gestutzt waren. Wenn er sich ordentlich benahm, durfte er sich am Schluss ihres Treffens an diesem himmlischen Körperteil vergnügen.

Aber soweit war es noch lange nicht. Timothy wurde bäuchlings an einem mittelalterlichen, martialischen Lehnstuhl gekettet. Als einzige Lautäußerung waren ein devotes „ja, meine Herrin" oder der vereinbarte Ausstiegscode „Vergiss mein nicht" erlaubt. Jeglicher Missachtung des strengen Regelwerkes folgte ein strenger Tadel und eine schmerzhafte Bestrafung durch die gnadenlose Lady Lack. Timothy liebte das Spiel der Unterwerfung und des erotischen Schmerzes seit seiner Jugend. Seine in allen Einzelheiten ausgemalte Lieblingsfantasie handelte damals davon, dass er nackt und hilflos am kalten Betonboden des Kellers seines

Turnlehrers lag. Der beeindruckend muskulöse, ebenfalls nackte Professor hatte ihm mit einer Springschnur die Hände am Rücken zusammen gezurrt und mit einem Gymnastikband den Mund geknebelt, während er ihn von hinten leckte und begann die verschiedensten Schulgegenstände in den After einzuführen. Sich diese stimulierende Situation vorzustellen, hatte jahrelang seine Masturbationen begleitet; sich ganz in die Hände eines anderen zu begeben, diesem auf Gedeih und Verderb im Rahmen eines Rollenspieles ausgeliefert zu sein, blieb der sexuelle kick, der ihn über alle Maßen stimulierte. Ob sein Sexualverhalten mit dem Beruf eines Psychotherapeuten kompatibel war, oder ob er solche Rollenspiele vielleicht auch mit seiner Partnerin hätte ausleben können, das waren Fragen, die er sich zumeist, wenn überhaupt, erst nach Verlassen des Studios stellte.

Inzwischen war Lady Lack dazu übergegangen, die Schmerzreize mittels wohlüberlegt platzierter Stecknadeln zu verstärken, während sie unverdrossen ihre, über Jahre einstudierten, Worthülsen mit tiefsonorer Stimme wiederholte, „Du willst es heute ja ganz genau wissen, du kleiner geiler Scheißkerl, willst wohl die ganz harte Tour, kannst du gerne haben, aber komm` dann ja nicht heulen", worauf sie ihm eine weitere Nadel in die Innenseite seines Oberschenkels, direkt unter den Hodensack, pikste und eine Heftklammer in die schlappe Pobacke tackerte. Dann begann sie mit einem mit Gleitgel versehenen Dildo den After zu massieren, um diesen kurz darauf erbarmungslos tief in seinen Mastdarm einzuführen und seine Prostata gekonnt zu massieren.

Pussy hatte in der Zwischenzeit geschmeidig die Position verändert und mit breit gespreizten Beinen auf der Lehne direkt über Timothy ihren Platz eingenommen. Voller Wollust begann sie, zunehmend lauter stöhnend, ihre deutlich geschwollene Klitoris mit allem zu stimulieren, was ihr in die Quere kam, um beim Erreichen des Höhepunktes lustvoll auf Timothy zu urinieren. Nach vollständigem Entleeren der Blase leckte sie ihre Finger, mit denen sie gerade noch die Schamlippen gespreizt hatte, voller Wollust ab. Timothy fühlte sich im Himmel seiner erotischen Vorstellungen, als er die noch feuchte Muschi, die soeben auf ihn gepinkelt hatte, ficken durfte. Lady Lack hingegen legte rauchend und beiläufig eine tropfende Wachskerze über Timothys Rücken haltend, eine kurze Schaffenspause ein, bevor sie ihm zum krönenden Abschluss gnädig gewährte, die spitzen Lederstiefel ablecken zu dürfen.

Dass dieser spezielle Zeitvertreib seinen Preis hatte , war nur allzu leicht verständlich. Timothy rechnete sich im nachhinein aus, dass er für den soeben beglichenen Betrag, knapp vier Stunden verletzte Seelen trösten musste. Vielleicht war es an der Zeit, sich umschulen zu lassen. In Anbetracht der viel versprechenden beruflichen Aussichten zog er mit einem schiefen Lächeln von dannen, um in seine Ordination zu eilen; jedoch nicht, ohne sich zuvor einen neuen Termin bei Lady Lack vereinbart zu haben.

*22
Die Mittagssonne brannte gnadenlos auf Kathi herunter. Wie ein Salamander auf seinem Lieblingsfelsen, genoss sie die Sonnenstrahlen, die auf ihrer Haut prickelten. Eine beruhigende Stille umhüllte sie und lag über dem vor ihr ausgebreiteten, in allen Grünfarben schillernden Grundlsee; sogar die immer präsenten, lästig surrenden Eintagsfliegen schienen Mittagsruhe zu halten. Nichts, aber auch gar nichts, würde sie dazu bringen, diesen angenehm bleiernen Mittagsstillstand zu unterbrechen. Wenn da nur nicht dieser nervende, rasch schriller werdende Lärm eines Motorbootes wäre, der sich mit einem Mal bedrohlich näherte und ihre Siesta empfindlich störte. Mit einem kurzen, unerbittlichen Scherenschlag war ihre Nachtruhe durchschnitten. Mit dem unfreiwilligen Wachwerden und der übernächtigen Verwirrung des zurückliegenden Nachtdienstes realisierte Kathi das Verschwinden des kaum mehr wahrnehmbaren Grundlsees, an dessen Stelle das eintönig piepsende Diensthandy trat. Nachdem sie nur mit allergrößter Willensanstrengung das Gespräch mit einigermaßen klarem Kopf hatte entgegennehmen können, gab die hysterisch schnarrende Stimme von Frau Nemecek den entschwindenden Sommerträumen den letzten Fußtritt.

„Frau Doktor Goldblum, die Morgenbesprechung hat schon begonnen und der Herr Primar ist schon ungehalten. Wo sind sie?", bellte die Chefsekretärin in Kathis panisch zurückschreckendes Ohr." Der Herr Professor Bernhard ist es nicht gewohnt zu warten, er hat den ganzen Tag mit Terminen zugepflastert und ich kann dann wieder seine Launen ausbaden!" Die Sekretärin beschwichtigend, beendete Kathi das ohrenbetäubende

Gespräch und versuchte ihre müden Knochen in die Vertikale zu bringen. Vor einem halben Jahr hatte sie begonnen, Oberarztdienste zu machen, in denen die gesamte medizinische Verantwortung der Abteilung auf ihren zarten Schultern lastete. Nicht, dass sie das nicht gewollt hätte, im Gegenteil, sie hatte ihren ganzen Ehrgeiz und alle ihr zur Verfügung stehenden Hebel in Bewegung gesetzt, um endlich in die Riege der Letztverantwortung aufgenommen zu werden. Aber die zurückliegende Nacht hatte sie um gefühlte zehn Jahre altern lassen, nichts war rund gelaufen. Obwohl sie mit zumindest hundertfünfzig Prozent gearbeitet hatte, war letztendlich nur das Gefühl geblieben, lediglich die größten Löcher gestopft, die Abteilung nicht unter Kontrolle bekommen, schlicht und einfach, versagt zu haben.

Zunächst war ein 45-jähriger Mann, den sie primär als banalen grippalen Infekt eingestuft hatte, in einen septischen Schock gerutscht. Die Organisation eines Intensivbettes in Wien hatte sie gut zwei Stunden Telefonate gekostet und dann hatte sie sich mit den nicht ganz unberechtigten Vorwürfen der erzürnten Lebensabschnittspartnerin auseinandersetzen können. In ganz ähnlichem Stil ging es weiter, eine verwirrte Parkinson Patientin flüchtete von der Station, um die durstigen Pelargonien ihres Balkons zu gießen, woraufhin Kathi eine von der Polizei lustlos durchgeführte Suche in die Wege leitete. Schlussendlich tauchte ein privatversicherter Chefpatient mit angeborener Gerinnungsstörung auf, der zu Hause eine Unmenge an Blut in die Toilette erbrochen hatte. Alleine die Literaturrecherche benötigte eine gute Stunde, und bis die

Blutung endlich mittels Gerinnungskonzentraten zum Stehen gebracht werden konnte, hatte die zurückliegende Nacht längst beschlossen, dem herannahenden Tag die Oberhand zu lassen. Kathi war komplett angekleidet und völlig erschöpft auf ihre Dienstliege gekippt, um nur einige Atemzüge Ruhe zu finden. Im selben Augenblick hatte der übermächtige Schlaf von ihr Besitz genommen, um sie an die wunderbaren Kieselstrände des Grundlsees zu entführen.

Ebenso plötzlich hatte sie das Diensthandy aus ihren Träumen zurückgeholt. In aller Eile schlüpfte sie in ihren Ärztekittel, streifte sich nach einem kurzem Blick in den Spiegel die in alle Richtungen stehenden Haare aus dem Gesicht und eilte in die längst begonnene Morgenbesprechung. In der Bibliothek der internen Abteilung erfolgte in Gegenwart eines konzentriert lauschenden Primar Bernhards die tägliche Übergabe der Patienten mit einem kurzen Bericht des zurückliegenden Nachtdienstes.
„Entschuldigung, ich musste noch einen Venenzugang auf der Station stechen", fühlte sich Kathi bemüßigt, ihr Zuspätkommen zu rechtfertigen. Mit hochgezogener Augenbraue musterte sie Primarius Bernhard und konterte mit einem trockenen, „Tatsächlich... hmm, dann stellt sich mir zwangsläufig die Frage, warum ich sie bedauerlicherweise auf der Station nicht begrüßen durfte, als ich dort vor kurzem nach dem Rechten gesehen habe; ganz abgesehen davon, frage ich mich, was es mit den frischen Polsterabdrücken auf ihrer Wange auf sich hat, wenn sie so eifrig an der Arbeit gewesen sind? Also, Frau Doktor Münchhausen, kommen wir zurück auf den

Boden der nüchternen Tatsachen und machen sie endlich ihre Dienstübergabe."

1:0 für Primarius Bernhard. Kathi gab sich alle Mühe, die aufsteigende Wangenrötung einigermaßen unter Kontrolle zu halten und ging unmittelbar zum detaillierten Dienstbericht über. Der Reihe nach schilderte sie die stationären Aufnahmen, medizinisch problematische Patienten und sonstigen Begebenheiten des anstrengenden Nachtdienstes. Die im Halbkreis versammelte, frische Dienstmannschaft lauschte mit aufgesetztem, halbherzigen Interesse; innerlich jedoch waren sie noch völlig okkupiert vom gestrigen Streit mit dem Partner, erschöpft vom abgehetzten Kindertransport in die Schule oder schlicht und einfach verzweifelt über die gestrigen, unerwarteten Fußballergebnisse und dem Verlust ihres online-Wetteinsatzes. Nur einer fokusierte seine volle Aufmerksamkeit auf Kathis Bericht, Primarius Bernhard, der heute offensichtlich einen ganz schlechten Tag erwischt hatte und mit unglaublicher Penetranz bei jedem Patientenbericht das Haar in der Suppe suchte und jeweils mit der Präzision eines Scharfschützens fand.

Er konnte es nicht lassen, bei jeder noch so irrelevanten Schilderung, seinen Senf dazuzugeben, Kathi zu korrigieren und zu maßregeln. Jede ihrer getroffenen Entscheidungen wurde mit einem abfälligen bonmot versehen. Wenn sie eine spezielle Untersuchung veranlasst hatte, hielt er diese für mehr als entbehrlich, umgekehrt befand er den nächsten, vorgestellten Patienten für absolut unzureichend abgeklärt. Als sie schließlich zu dem 45jährigen Mann im septischen

Schock kam, schien er sein Ziel gefunden zu haben und hakte insistierend nach. „Wie kann es sein, dass sie die absolute Lebensbedrohung des Patienten nicht perzipiert haben, die Laborbefunde hätten sie doch zumindest aufhorchen lassen müssen, wenn sie schon nicht den klinisch katastrophalen Zustand erkennen."
„Herr Professor, wir haben unmittelbar nach Aufnahme Blute abgenommen, dann war ich ständig mit neuen Aufnahmen beschäftigt, musste jeden Schnupfen in der Ambulanz supervidieren, da der diensthabende Turnusarzt von interner Medizin keine Ahnung hat, und als ich nach zwei Stunden wieder auf die Station gekommen bin, waren die Blutbefunde noch nicht fertig. Auf meinen Anruf im Labor hin stellte sich heraus, dass die Blutröhrchen irgendwo in der Rohrpost verschollen waren, sodass ich die ganze Latte Blut nochmals abnehmen durfte. Mit Eintreffen der katastrophalen Blutbefunde waren somit insgesamt drei Stunden vergangen und inzwischen hatte sich der Patient auch klinisch soweit verschlechtert, dass wir die Befunde jetzt auch nicht mehr gebraucht hätten. Die nächsten zwei Stunden war ich damit beschäftigt, ein Intensivbett am anderen Ende von Wien, sowie den Transport dorthin, zu organisieren." „Werte Frau Kollegin Goldblum, was soll das jetzt werden? Versuchen sie jetzt doch bitte nicht ihre Inkompetenz hinter einem riesigen Gebäude an ungeschickten Ausreden und unverschämten Lügen zu verbergen. Sie haben die Situation völlig falsch eingeschätzt, naturgemäß inadäquat reagiert und insgesamt ein inferiores Bild meiner Abteilung nach außen getragen, und genau das kann und will ich nicht tolerieren, und ersparen sie mir bitte verschollene Blutröhrchen."

Einigermaßen konsterniert setzte Kathi ihren Bericht fort, kam allerdings nicht weit, da sie unmittelbar darauf vom Chefpatienten mit der angeborenen Gerinnungsstörung zu berichten begann. Kaum hatte sie den Namen des Patienten ausgesprochen, explodierte ihr Vorgesetzter. „Das kann jetzt aber nicht ihr Ernst sein..."Bedrohlich begann sein rechter Mundwinkel zu zucken, die pulsierende Halsschlagader schien ein wildes Eigenleben zu führen und sein Gesicht nahm einen, für alle erkennbar, ungesund violetten Farbton an. Jeder im Raum hielt die Luft an, um dem unweigerlich folgenden Vulkanausbruch volle Aufmerksamkeit zu schenken, aber vor allem um rechtzeitig in Deckung zu gehen. „Das ist ja geradezu unfassbar, das habe ich in meiner dreißig-jährigen Berufserfahrung tatsächlich noch nie erlebt, eine derart impertinente Inkompetenz, gepaart mit völliger Indolenz. Wie oft muss ich noch kundtun, dass man mich bei meinen Patienten verständigt und informiert, das ist doch wirklich nicht zu viel verlangt. Eine derartige Sauerei kann ich mit meinem Namen nicht mehr decken, diese Kurpfuscherei kann und werde ich an meiner Abteilung nicht mehr verantworten. Ab sofort werden sie, bis auf weiteres, keine Oberarztdienste mehr machen, und wenn es nach mir geht, weiß ich nicht, ob sie je wieder an meiner Abteilung oberarztdienstfähig werden. Die Morgenbesprechung ist hiermit beendet, an die Arbeit, meine Herrschaften."

Kathi wusste nicht, wie ihr geschah. Binnen Minuten war der Grundstock, den sie sich über Jahre hart erarbeitet hatte, eindrucksvoll in die Luft gejagt worden. Nichts hätte sie zum momentanen Zeitpunkt tun können, die Entscheidung ihres Chefs rückgängig zu machen, jede

Widerrede hätte ihr Schicksal an der Abteilung endgültig besiegelt. Die einzige Möglichkeit zu reagieren, war in unterwürfige Duckstellung zu gehen, eine Art Totstellreflex anzuwenden, und das Vorbeiziehen des Gewitters abzuwarten. Gleich einem begossenen Pudel verließ Kathi unter den teils mitleidigen, teils schadenfrohen Blicken ihrer Kollegen die Bibliothek.

*23
„Darf ich sie zunächst danach fragen, wie sie auf mich als Therapeuten gekommen sind?", fragte Doktor Lenzbacher das vor ihm, in der maximal möglichen Entfernung auf dem mit fliederfarbenem Nickistoff bezogenen Sofa, sitzende Paar. Er stieß damit zunächst auf wenig Gehör, da sich Sonja interessiert-neugierig im pastellgrün ausgemalten Raum mit zahlreichen, goldverzierten Bildern indischer Gottheiten und farbenfroher, orientalischer Deckenluster umsah, während Alfred schweigend mit verschränkten Armen den Therapeuten fixierte. Schließlich raffte sich Sonja zu einer Antwort auf, um den Ball sofort an ihren Partner weiterzuspielen: "Fragen sie doch ihn, er hat uns hergeschleppt." Alfred, der sich somit schon am Anfang der Sitzung in der defensiven Position wiederfand, räusperte sich, um dann kurz und bündig zu antworten: "Ich habe den Tip von einer netten Arbeitskollegin empfohlen bekommen, die.... " Wie von der Tarantel gestochen, explodierte Sonja ohne jegliche Vorwarnung: „Nette Arbeitskollegin, ha, ha! Kleine, geile Schlampe wäre wohl passender. Wann hat sie dir denn den Tip gegeben? Während du sie von hinten genommen hast?"

„Nun mal ganz langsam", versuchte der von der Heftigkeit der aufbrausenden Emotion überraschte Therapeut die Situation zu beruhigen. „Es handelt sich dabei offensichtlich um einen heiklen Punkt, den wir momentan wohl besser beiseite lassen, und, falls nötig, später thematisieren können. Auf jeden Fall freut es mich ganz besonders, dass sie, wie auch immer, den Weg zu mir gefunden haben, um gemeinsam ihre Beziehung zu beleuchten. Gibt es ein spezielles Anliegen, das, quasi, unter den Nägeln brennt?" Nachdem die Reihe, den schmollenden Schweigenden zu spielen, nun an Sonja war und diese nicht den Eindruck machte, dass ihr Doktor Lenzbacher zum momentanen Zeitpunkt irgendwie helfen könne, konnte Alfred nicht umhin, die gestellte Frage zu beantworten: "Nun ja, sagen wir mal so, wir hatten wunderschöne, gemeinsame Zeiten, aber zuletzt hat sich unsere Beziehung ein wenig totgelaufen." Wiederum fiel offensichtlich ein sensibles Stichwort, da Sonja neuerlich ansatzlos in die Luft ging: „Totgelaufen, verendet, krepiert, ein Bankl grissn, nennen sie es, wie sie wollen, auf jeden Fall mausetot ohne Chance auf eine buddhistische Wiedergeburt".

Nach einigen Momenten betretenen Schweigens, nahm Timothy seinen ganzen Charme, seine jahrelang geschulte, therapeutische Empathie und die für spezielle Situationen reservierte samtene Tiefe seiner Stimme zu Hilfe, um die soeben akquirierten Klienten nicht sofort wieder zu verlieren. „Liebe Frau Birnbacher, geben sie unserem Treffen eine realistische Chance. Immerhin haben sie sich die Zeit genommen, herzukommen und ich bin davon überzeugt, dass es sinnvoll wäre, diese gemeinsame Zeitspanne, so gut wie irgendwie möglich, zu nützen; und wenn es auch nur dazu dient, sich würdevoll voneinander zu verabschieden. Beginnen wir vielleicht zunächst mit ihrem Mann, Herr Doktor Birnbacher, offensichtlich ist die Initiative für unser Treffen von ihnen ausgegangen. Meine konkrete Frage an sie wäre, was passieren müsste, damit sie im Nachhinein sagen könnten, dass es Sinn gemacht hat, zu mir zu kommen?"

Alfred fuhr sich, verunsichert durch die unkontrollierbar hochkochenden Emotionen Sonjas, fahrig durchs schüttere Haupthaar, richtete sich verlegen seine goldberandete Brille und sprach dann mit leiser Stimme: „Vielleicht hat Sonja ja Recht und es ist wirklich schon zu spät. Wahrscheinlich hänge ich noch immer einer romantischen Idee nach, die schon längst wie eine Seifenblase zerplatzt ist. Aber ich möchte mir später nicht vorwerfen müssen, nicht alles probiert zu haben, um unsere Beziehung zu retten. Als ich Sonja damals nach langem Werben erobert hatte, fühlte ich mich im siebenten Himmel. Ich war so glücklich und konnte es einfach nicht glauben, dass sich eine so tolle Frau für mich entschieden hatte. Ich liebte, verehrte und bewunderte jede Facette dieses Engels, der in mein Leben geflogen kam. Sie war der Glanz, die Kraftquelle, der Mittelpunkt meines bis dahin langweiligen Durchschnittlebens. Und ja, ich gebe es zu, ich habe einige Fehler gemacht, hab mich mit Arbeit eingedeckt, aber auch um Sonja und mir ein standesgemäßes Leben zu bieten. Sprich: Maledivenurlaube, teure Markentaschen, stylische Maisonettenwohnung, ich wollte Sonja die Welt zu Füßen legen, vor allem, weil ich wusste, wie viel sie in ihrer Kindheit entbehren musste. Dabei habe ich übersehen, dass unser Lebenswandel meine finanziellen Möglichkeiten bei weitem überstieg. Vor lauter Arbeit war ich ständig müde und erschöpft. Wir haben uns irgendwann aus den Augen verloren, sind getrennte Wege gegangen, haben uns keine Mühe mehr umeinander gemacht, und ja, stattdessen habe ich Sonja mit der erwähnten Kollegin betrogen. Ich würde alles dafür geben, wenn ich es rückgängig machen könnte."

„Lieber Herr Doktor Birnbacher, ich unterbreche sie ungern, aber dürfte ich sie bitten, meine anfänglich gestellte Frage zu beantworten, was müsste passieren...?" Alfred, sich seiner Sache jetzt noch unsicherer als zuvor:" Entschuldigung, dass ich so vor mich hinplaudere, aber wenn ich auf das Thema Sonja komme, meinem Stern, meinem Alles, dann könnte ich ewig weiterplaudern. Was müsste passieren ? Hmm.. ja, ich denke, ich würde es so bezeichnen, wenn sich für unsere Ehe eine allerletzte, neue Perspektive eröffnet."

Doktor Lenzbacher ließ den in den Raum geworfenen Worten die ihnen zustehende Pause, bevor er die gleiche Frage an Sonja stellte. Sie wurde von den Worten Alfreds doch berührt und somit etwas versöhnlicher, um schließlich mitfühlender zu entgegnen:" Ja, es stimmt, wir hatten gute, gemeinsame Zeiten, aber die sind inzwischen so weit weg, wie das Pony-Quartett meiner Kindheit, das mich über Jahre begleitet hat. Trotzdem würde ich heute keine Sekunde in Erwägung ziehen, dieses läppische Spiel zu spielen, diese Zeit ist vorbei. Alfred, laß uns ehrlich sein, unsere Zeit ist abgelaufen, vorbei, passee, für mich wäre es ein Erfolg unserer Zusammenkunft, wenn Alfred das einsehen würde und abschließen könnte."

Timothy erkannte die brutal konträren Standpunkte und wusste fürs erste auch keinen Rat. Wie alle Psychotherapeuten hatte auch er ein breites Arsenal an unverbindlichen Fragemöglichkeiten, mit denen er sich über den verbleibenden Rest der Stunde rettete, um den beiden zum Abschluss eine Aufgabe für zu Hause mitzugeben:" Ich würde sie darum bitten, sich bis zum nächsten Mal in einer ruhigen Minute eine Blume vorzustellen. Nehmen sie sich wirklich Zeit, betrachten sie die Blume von allen Seiten, riechen daran, und beschreiben sie sie mir das nächste Mal." Nach einer kurzen Pause setzte er fort:" Außerdem würde ich sie darum bitten, zu Hause nicht weiter zu diskutieren, jeglichem Streit aus dem Weg zu gehen und erst das nächste Mal ihre Gedanken, Wünsche und Sorgen vorzubringen. Bis zum nächsten Mal, auf Wiedersehen." Nachdem er sein Honorar kassiert hatte, erklärte er die Therapiesitzung für beendet und wünschte den beiden gedankenlos einen schönen Tag. Alfred konnte nicht umhin, sich mit dem sarkastischen Mut des Verzweifelten zu bedanken:" Danke vielmals, den werden wir ganz bestimmt haben."

*24
Kathi schlich wie ein geprügelter Hund nach Hause, sie wollte nur mehr in ihre eigenen vier Wände flüchten und die mit mehrfachem Balkenschloss gesicherte Eingangstüre hinter sich abschließen. Für Situationen, Nachtdienste und beschissene Tage, die möglichst rasch abgehakt werden sollten, hatte sie ein eigenes Ritual ersonnen, welches mit dem Einlassen eines Vollbades mit extra viel Schaum und Temperaturen knapp an der Schmerzgrenze begann.

Langsam ließ sie ihren total erschöpften, sich wie nach einem Boxkampf anfühlenden Körper ins brennheiße Wasser gleiten. Niemand, nicht einmal Tom, hatte jemals diese Temperaturen toleriert und trotzdem stieg die umgebende Wärme nur im Zeitlupentempo ihren Körper empor, drang kaum merkbar Schicht für Schicht in ihr Inneres vor. Eine lähmende Leere, die sich mit der unfassbaren Müdigkeit verbündete, nahm von ihrem Geist Besitz und ließ den zurückliegenden Nachtdienst mitsamt der folgenden Morgenbesprechung allmählich verblassen. Nichts, aber schon gar nichts, war jetzt dazu in der Lage, von außen in Kathis Gedankenwelt vorzudringen.

Schritt für Schritt begab sie sich in die von ihr geliebte Grasmulde, einem Bett aus weichem Gras und Moos, das sich an ihren Körper schmiegte. Ein von der alten Linde ihrer Großmutter ausgehender, wunderbar kühlender Schatten bedeckte sie fürsorglich und eine laue, zärtliche Sommerbrise strich sanft durchs Haar. Der altvertraute, geliebte Geruch frisch gemähten Grases stieg ihr wohltuend in die Nase, brummende und surrende Insekten rings um sie herum schläferten sie sanft ein.

Wahrscheinlich wäre Kathi, wie so oft nach anstrengenden Nachtdiensten, friedlich eingedöst, wenn nicht plötzlich ein wie aus einer fremden, bösen Welt eindringender Störenfried in Gestalt einer sämtliche Tagträume zerfetzenden Türklingel ihrem Ausflug ein abruptes Ende bereitet hätte. Nachdem sie zunächst noch versucht hatte, die verhasste Störung aus ihrem Bewusstsein zu drängen, dies aber aufgrund einer unglaublich nervenden Beharrlichkeit verunmöglicht wurde, entschloss sie sich schließlich aufzuraffen, zog ihren gut 15 Jahre alten, blümchen-gemusterten Bademantel über und schlurfte mit einer Mischung aus reiner Mordlust und einem zum Zerreißen gespanntem Nervenkostüm zur Eingangstür, um dem unverdrossen weiter Läutenden direkt ins Gesicht zu springen.

Durch die zunächst nur Spaltbreit geöffnete Türe erkannte sie einen mit grauem Billiganzug unscheinbar gekleideten Mann in mittlerem Alter, dessen Gesicht von tiefen Aknekratern entstellt war und der trotzdem freudig strahlend seine heilsbringende Botschaft innerhalb kürzester Zeit loswurde. Er hielt Kathi, als Zeichen seiner Messiastätigkeit, triumphierend ein religiöses Pamphlet seiner Glaubensgemeinschaft unter die Nase, pries im Namen seines Gottes das Glück der ewigen Erkenntnis, um im nächsten Satz die schreckliche Verdammnis der Ungläubigen bis in alle Zeiten vorherzusehen.

Oh Gott, was sollte sie mit diesem erbärmlichen Idioten machen, aber da es ihm gelungen war, sie aus den entspannenden Tiefen ihrer Badewanne zu reißen, musste sie sich Auge um Auge, Zahn um Zahn, an ihm rächen, um in der von ihm verwendeten biblischen Sprache zu bleiben. Freundlich und zuvorkommend bot sie ihm den gewünschten Einlass, um weitere ausufernde Tiraden über die paradiesischen Freuden des alle Gläubigen erwartenden Himmelsreiches, über sich ergehen zu lassen. Nahezu ohne Luft zu holen und mit tief in die Gehirnwindungen gestanzten Worthülsen bedrängte der missionarische Musterschüler seine offenkundig gottesbedürftige Aspirantin. Nachdem Kathi zwei nervenberuhigende Tassen Glückstee aufgesetzt hatte, nahm sie vis-a-vis des Predigers Platz.

Er nützte die so entstandene Nähe und für ihn nicht alltägliche Freundlichkeit sogleich mit einem für seine Begriffe haargenau passenden Bibelzitat:" Denn wer da bittet, der empfängt, und wer da suchet, der findet, und wer da anklopft, dem wird aufgetan, sprach Matthäus im neuen Testament". Scheinbar tief beeindruckt von derartiger Belesenheit und Weltklugheit beschloss Kathi unmittelbar in medias res zu gehen und berührte, wie zufällig, die Füße ihres Gegenübers, gleichzeitig lockerte sie den Gürtel ihres Bademantels ein wenig, worauf ein deutlich besserer Einblick in ihr nicht zu verachtendes Dekollete ermöglicht wurde. Um dem ganzen noch eine Spitze aufzusetzen, warf sie ihren jahrelang geübten und stets erfolgreichen, männermordenden „vamp"-Augenaufschlag ins Gefecht. Der treue Gottesjünger war jedoch so ergriffen von seinem emotional vorgetragenen Sermon, dass er die Annäherungen scheinbar kaum zur Kenntnis nahm. Als einzig wahrnehmbare Reaktion rückte er mit seinem Sessel ein ganz kleines Stückchen retour und versuchte, noch mehr als zuvor, den direkten Augenkontakt zu meiden.

Kathi verspürte eine rasch anwachsende Langeweile und beschloss, das Ganze etwas voranzutreiben und noch eins drauf zu setzen. Langsam und sich ihrer körperlichen Reize bewusst, beugte sie sich vornüber, um dem treuen Gottesdiener unter der Tischplatte mit sanftem Fingerstrich an der Innenseite seines Oberschenkels empor zu streichen, gleichzeitig leckte sie sich mit ihrer Zunge lasziv, wie in einem schlechten Pornofilm, über die Lippen. Ihr Gegenüber zeigte sich nun tatsächlich verblüfft, nestelte nervös an der vor ihm als Schutzwall liegenden Aktentasche, um sich neuerlich in ein Zitat zu retten:"Fliehe vor der Sünde, wie vor der Schlange, denn so du ihr zu nahe kommst, wird sie dich stechen." Kathi hatte in der Zwischenzeit genug von den leblos dargebotenen Bibelstellen und begann den stark erigierten Penis unter der deutlich zu eng gewordenen Hose zu massieren. Zugleich stöhnte sie ihm ein schnurrendes „Lass uns gemeinsam beten, das macht mich so scharf, mein kleiner, geiler Joschuah" entgegen.

„Der Herr hat mich an diesen Hort des Teufels und der Sünde geführt, um mich zu prüfen, aber ich werde standhalten.",wobei den verschreckten Worten eine merklich verzögerte körperliche Reaktion des Missionars Gottes folgte, in der er Kathi noch eine Weile gewähren ließ. Als sich Kathi entschlossen daran machte, den Reißverschluss des Gottesdieners zu öffnen, wurde es ihm schlussendlich dann doch zu viel, sodass er aufsprang, seine Mappe mitsamt den heiligen Zeitschriften packte und die Wohnung mit hochrotem

Kopf und ebenso gut durchblutetem Penis Hals über Kopf verließ.

Kathi genoss den Moment in vollen Zügen und konnte zum ersten Mal seit langer Zeit unbeschwert auflachen, fühlte sich unfassbar verwegen. Es erinnerte sie an das Gefühl, das sie als Zwölfjährige gehabt hatte, als sie gemeinsam mit ihren Freundinnen dem verhassten, ständig aus dem Fenster keppelnden Wohnungsnachbarn grell geschminkt und mit kurzen Miniröckchen lange Zähne machten. Während sie im Hof des Gemeindebaus wie auf einem catwalk auf und ab defilierten, leerte Caro die gesammelten Müllsäcke vor die Tür des aus dem Fenster speichelnden Lustgreises, um kurz darauf zu den anderen zu stoßen und sich gemeinsam mit triumphierend erhobenen Mittelfinger zu verabschieden. Die Reaktion seinerseits war beeindruckend inspiriert, indem er ihnen ein wütendes „Es werdt`s no schä schaun, es Schlompn, wann i eich dawisch" nachrief. Nachdem das innere Bild ihrer Kindheitserinnerung langsam blasser wurde, verendete das euphorische Gefühl jäh mit dem Bewusstwerden der morgen bevorstehenden klinischen Sitzung. Thema war eine Besprechung der Obduktionsbefunde von Frau Jovanovic und den entsprechenden Folgen, die für Kathi zunehmend bedrohlich im Raum standen.

*25

„Mir ist sofort ein gutgewachsener, stolzer Rosenbusch in den Sinn gekommen, seine prachtvollen, blutroten Blüten leuchten einem schon von weitem entgegen, der atemberaubende Duft raubt jedem Vorbeikommenden die Sinne. Der Sonne zugewandt, wächst er unaufhaltsam an den alten Gemäuern einer verfallenen Burgruine empor, gleichzeitig warnt er jeden Vorbeikommenden mit seinen kraftvollen, in alle Richtungen stechenden Dornen vor einem Näherkommen. Wehe dem, der es wagt, eine Rose zu pflücken." Mitschwingend unterbrach Doktor Lenzbacher Sonja, indem er kurz nachfragte: "Ihr wunderschöner Rosenbusch wächst gerade vor meinem inneren Auge, tatsächlich ein imposantes Gewächs von einmaligem Glanz. Man kann sich nachgerade gar nicht sattsehen an diesem Wunder der Natur. Aber könnten sie mir vielleicht noch mitteilen, was man ihrem Rosenbusch Gutes tun könnte, beziehungsweise welche Blume sie sich daneben vorstellen könnten?"

Sonja schien eins mit ihrem imaginierten Rosenbusch, ein entrücktes, selbstzufriedenes Lächeln vermittelte den Anwesenden, dass eine Störung des inneren Bildes keinesfalls erwünscht war. Die aufschlussreiche Antwort ließ einige Zeit auf sich warten:"Na ja, Gutes tun, eigentlich ist der Rosenbusch eins mit sich und braucht niemand anderen. Aber wenn schon, dann würde der Rose jemand guttun, der ihre Pracht und Schönheit erkennt und zu schätzen weiß. Sie braucht ganz sicherlich niemanden, der sie hinunterzieht, belastet oder ausnützt, den würde sie in der Sekunde zerstechen und davonjagen. Die zweite Frage ist echt schwierig, welche Blume neben sich, hmm..." Abermals vergingen Sekunden, bevor

Sonja fortsetzte:"Vielleicht könnte sie eine Blume neben sich dulden und schätzen, die ebenso stolz und unabhängig im Leben steht, wie sie, einfach ebenbürtig ist. Ich denke, es wäre keine Blume, sondern ein alter, ehrwürdiger Nussbaum, der sich allein durch seine hundertjährige Geschichte so schnell durch nichts erschüttern ließe. Stolz und seiner Kraft bewusst, würde er den Platz an der Seite des Rosenbusches verteidigen und ein wachsames Auge auf den sich vertrauensvoll anschmiegenden Rosenbusch werfen. Gemeinsam wären sie unschlagbar."

„Fantastisch, Frau Birnbacher, ich bin völlig hingerissen von ihrer inneren Vorstellungskraft, an ihnen ist eine Künstlerin verloren gegangen. Der Rosenbusch ist tatsächlich vor meinem inneren Auge erblüht, ja, kurz hatte ich sogar den Eindruck, seine wundervollen Blüten riechen zu können. Aber nun zu ihnen, Herr Doktor Birnbacher, ich bin schon sehr gespannt, welche Blume sie mir mitgebracht haben. Lassen sie sich Zeit und erzählen sie mir, was ihnen in den Sinn gekommen ist."
Alfred rückte nervös auf seinem Platz herum, strich sein schütteres Haupthaar aus dem Gesicht und erkannte intuitiv, dass er niemals der stolze Nussbaum an der Seite des Rosenbusches sein würde. Trotzdem bemühte er sich, Haltung zu bewahren und begann seine imaginierte Blume zu beschreiben:" Meine Blume unterscheidet sich doch deutlich von der Sonjas. Ich weiß nicht, ob ichs wirklich erzählen soll, aber ich habe mir gestern am Abend im Bett vor dem Einschlafen einen von Wind und Wetter gebeutelten Löwenzahn vorgestellt, der sich zwischen zwei Betonplatten, am Gehsteigrand wachsend, durchs Leben quält. Stets auf der Suche nach einem

Tropfen Wasser, ungeschützt vor den rücksichtslosen Schritten der vorbeikommenden, unachtsamen Passanten, regelmäßig besprenkelt vom scharfen Urin der Gassigehenden, markierenden Hunde, versucht der Löwenzahn einfach zu überleben. Mit seinen schlanken, dünnen Wurzeln versucht er die Kontrolle über sein Leben nicht zu verlieren, Halt zu gewinnen und ein wenig Ruhe und Sicherheit aufzusaugen. Wenn er sich etwas wünschen dürfte, dann wäre es ein Gefährte an seiner Seite, ein zweiter Löwenzahn, durchs Leben genauso geprüft, wie er. Ja, das fände er schön, einen Freund an seiner Seite zu wissen, um den Widrigkeiten des Lebens gemeinsam zu trotzen."

Doktor Lenzbacher gab sich alle Mühe, auf den erbärmlichen Zustand der beschriebenen Blume nicht übermäßig einzugehen:" Verstehe, ihrem Löwenzahn gehts echt dreckig, aber was würde er am allermeisten brauchen, was könnte man ihm Gutes tun?" Alfred fiel in ein schier endloses Schweigen, bevor er sich schließlich doch zu einer Wortmeldung durchrang: „Einfach ein bisschen Kraft, ein bisschen Ruhe, ja, das würde ihm guttun." Sonja konnte sich nicht mehr halten, gnadenlos fuhr sie ins Bild des bedürftigen Löwenzahns:" Sehen sie! Das ist nur mehr peinlich, ein jämmerliches Lebewesen, das um die Gnade anderer winselt, anstatt sein Leben selbst in die Hand zu nehmen. Ich kann diesen Menschen nicht mehr ertragen. Selbstmitleidig, erbärmlich, alkoholkrank, mir gehen echt die Adjektive aus, um den Zustand dieses Individuums zu beschreiben. Ich könnte auf den Teppich kotzen, so sehr ekelts mich vor Alfred. Puhh, ich hab` ihn so satt, wie konnte ich diesen Waschlappen so lange an meiner Seite dulden?"

Timothy war in seiner Kompetenz als Psychotherapeut auf das Äußerste gefordert. Wenn er die imaginierten Blumen als eine Art Selbstbildnis ansah, und deren jeweilige Bedürfnisse in Betracht zog, kam er nicht umhin, sich die Frage nach einer etwaigen Kompatibilität der beiden Gewächse zu stellen. Die Beiden waren so verschieden, wie man nur sein konnte, ihre Bedürfnisse lagen so weit auseinander, dass man sich kaum vorstellen konnte, dass sie jemals miteinander in Einklang gestanden hatten oder in Zukunft stehen würden. Wie konnte ein stolzer Rosenbusch jemals mit einem an der Kippe zum Suizid stehenden Löwenzahn glücklich werden, das konnte sich niemals ausgehen.

Dazu kam die Frage, wie er seinen rasch wachsenden Wunsch, ein stolzer, behütender Nussbaum an der Seite Sonjas zu werden, zügeln konnte. Seit er sie das erste Mal gesehen hatte, war er ihr mit Haut und Haaren verfallen. Diese fantastische Frau, die, wie durch eine Art Bestimmung, den Weg in seine Ordination gefunden hatte, faszinierte ihn, wie keine Frau zuvor. Er liebte ihre anmutigen Bewegungen, konnte sich an ihr nicht sattsehen und malte sich seit ihrer letzten Sitzung wilde Rollenspiele in seiner Fantasie aus. Nichts interessierte ihn weniger, als diese kaputte Beziehung zu kitten. Dieser elende Schlappschwanz hatte es doch gar nicht verdient, eine so prächtige Perle an seiner Seite zu wissen. Verdammt, wie konnte er diese Frau gewinnen, wie aus der Rolle des Psychotherapeuten in die Rolle des Liebhabers schlüpfen, wie diesen jämmerlichen, im Stehen k.o. befindlichen Waschlappen loswerden, nichts anderes beschäftigte ihn den Rest der verbleibenden Therapiestunde. Wie konnte er die süße Möse dieser göttlichen Rose lecken ?

Nebenbei erübrigte sich jeder weitere Rettungsversuch, da Sonja energisch das Heft in die Hand nahm:" Ich weiß echt nicht, warum wir hier noch herumsitzen und unsere Zeit verscheißen. Ich halt das echt nicht mehr aus, das Geschwafel über Blumen und deren verfickte Bedürfnisse. Ich weiß nur eines, dieser Mann kotzt mich mit jeder Faser seines Daseins an, es ekelt mich vor der Vorstellung, jemals wieder mein Bett mit ihm zu teilen, seine Ausdünstungen und sein elendes Geschnarche noch einen einzigen, weiteren Tag auszuhalten. Niemals und durch keine Paartherapie der Welt werden wir uns wieder lieben, also was solls, sehen wir den Tatsachen ins Auge, Sonja und Alfred Birnbacher gehören definitiv der Vergangenheit an, sind perdu, unsere Zeit ist abgelaufen, scheiß drauf." Mit einer energischen Bewegung packte sie ihre Handtasche, verabschiedete sich kurz und warf ihrem, somit, Ex-Mann ein kurzes:" Leb` wohl, Alfred, ich wünsch dir das allerbeste, aber vor allem wünsche ich dir, dass du die Kontrolle über dein Leben wieder in die Hände bekommst. Dabei kann und will ich dir nicht mehr helfen, diesen Weg musst du definitiv alleine gehen. Ich brauch` jetzt einfach Abstand, werd` als erstes ins Hotel ziehen, bevor ich mir was Neues suche. Ich hoffe, es macht dir nichts aus, die Rechnung von Herrn Doktor Lenzbacher zu begleichen; bin derzeit etwas knapp bei Kasse, Adieu." Ein bis an die Grundfesten erschütterter Alfred tat, wie ihm geheißen, und verließ betroppezt mit geknickter Körperhaltung und ohne Vorstellung einer möglichen Zukunft sein Ehe-Waterloo.

*26
„Der Herr Doktor Kraupp lässt sich tausendmal entschuldigen, er ist auf der Pathologie aufgehalten worden, weil er noch einen intraoperativen Gefrierschnitt befunden muss. Er hat aber gesagt, dass es keine fünf Minuten mehr dauert, weil bei der Patientin ist eh schon Hopfen und Malz verloren, hi, hi, hi, soll ich vielleicht noch einen Kaffee in der Zwischenzeit aufstellen, Herr Primarius Bernhard, geht rucki-zucki?" Mit einer kurzen neckischen Handbewegung brachte Fräulein Nemecek ihren Pagenkopf in Form und harrte mit an der Taille abgestütztem, linken Arm und einem zu allem bereiten Augenaufschlag einer Antwort. „Sehr freundlich, Nemecek, aber wir haben für den Moment alles, was wir brauchen, wenn sie bitte die Türe von außen schließen könnten." Mit großer schauspielerischer Energie zog sich die ihrer äußeren Reize bewusste Chefsekretärin pikiert-entrüstet zurück, um hüftwackelnd zur Tür zu trippeln und diese mit lautem Knall ins Schloss fallen zu lassen. Sie wusste, dass es keine zwei Minuten dauern würde, bis sie der nahezu immer geile Primarius nach der beendeten Sitzung auf seinem Schreibtisch nehmen würde, aber zur Strafe für sein unmögliches Benehmen würde sie sich heute zieren und erst mit dem Versprechen eines adäquaten Trostpflasters überreden lassen.

Die versammelte Runde benötigte einige Sekunden, um sich von der geballten erotischen Energie, beziehungsweise dem Trommelfell erschütternden Spektakel, zu erholen. Nach einer kurzen Verschnaufpause ergriff der den Vorsitz einnehmende Spitalsdirektor Oppolzer das Wort, nachdem er sein in geradezu aberwitzigem Karomuster verziertes Sakko über seinem prallen

Kugelbauch zusammengezogen hatte und sich selbstzufrieden über seinen wirr wachsenden Schnauzbart gestrichen hatte. „Jo mei, donn wer ma die Zeit hoit nutzn und der verehrte Herr Primarius Bernhard wird für uns nochmal die ganze chose verständlich rekapitulieren. Oiso, soweit i des vastondn hob, der Herr Jovanovic möchte aufgrund eines vermeintlichen Kunstfehlers, der seiner Meinung nach, das Leben seiner, der Herrgott hab sie selig, Mutter Dragica Jovanovic, kostete, ihre geschätzte interne Abteilung, beziehungsweise indirekt den von mir vertretenen Spitalsträger, zur Rechenschaft ziehen und über den Patientenanwalt klagen? Oiso, wos is do genau passiert, kruzifix?"

Nervös räuspernd und mit dem Mundwinkel unkontrolliert zuckend, rückte Primarius Bernhard, seinen für seine Verhältnisse ausgesprochen unbequemen Sessel zurecht. Er war es nicht gewohnt, sich rechtfertigen zu müssen und hasste Situationen wie diese; mit um Nüchternheit bemühter, leise lispelnder Stimme beantwortete er den unverschämt vorgetragenen Angriff: "Zusammenfassend entspricht das wohl den Tatsachen. Ich lege jedoch allergrößten Wert auf der Feststellung, dass Frau Jovanovic ausschließlich von der bedauerlicherweise noch sehr unerfahrenen Frau Doktor Goldblum in verantwortungsloser Eigenregie betreut und behandelt wurde. Ich oder mein Fachwissen wurden zu keinem Moment des stationären Aufenthaltes von Frau Jovanovic beigezogen und somit kann ich nur bedingt für die allfällig aufgetretene Fehlbehandlung Verantwortung übernehmen."

Oberarzt Birnbacher, der als erster Oberarzt an der Sitzung eher passiv teilnahm, versuchte die angegriffene, verlegen schweigende Kathi halbherzig zu verteidigen: „Nun mal langsam, warten wir doch erst mal ab, was der pathologische Oberarzt Kraupp gefunden hat, bevor wir uns gegenseitig an die Gurgel gehen. Vielleicht findet sich ja doch eine harmlos Todesursache und der ganze Kasus löst sich in Wohlgefallen auf." Primarius Bernhard legte keinerlei Wert auf die ungebetene Wortmeldung seines Oberarztes und brachte sein Missfallen mittels gekräuselter Stirnpartie unmissverständlich zum Ausdruck. Kathi, die das ganze Geschehen bis dato unkommentiert beobachtete, sank immer tiefer in ihren Sessel und fühlte sich allein auf sich gestellt, auf der Anklagebank, bis schließlich, wie auf ein Zeichen, die Türe abrupt aufgerissen wurde und ein abgehetzter Doktor Kraupp atemlos in der Runde Platz nahm.

„Liebe Kollegen, ich hab heut` echt scheißviel zu tun und möcht mich echt kurz fassen." „Des is gonz mei Red, oiso bitte Herr Doktor Kraupp, kurz und bündig, wos homs gfundn?", war die knappe Antwort des jovialen Spitalsdirektors Oppolzer, der sich neuerlich über den ungepflegten Schnauzer strich.
„Nun ja, kurz gefasst, hab ich im Bereich der gesamten rechten Lunge von Frau Jovanovic mehrere Pfirsich große Abszesse gefunden, die von einer absolut grindigen, eitrigen Lungenfellentzündung ausgingen. Insgesamt hab` ich zwei Liter rahmigen Eiter abgelassen, sodass die verstorbene Patientin aller Wahrscheinlichkeit nach an einem Kreislaufversagen in Folge eines septischen Schockes verstorben ist. Der ganze Dreck ist vermutlich als Komplikation der zur stationären

Aufnahme führenden Lungenentzündung anzusehen."
Die soeben verkündete Nachricht sickerte langsam ins Bewusstsein der versammelten Runde und jeder fokussierte auf die ihn betreffenden Folgen.

Direktor Oppolzer nahm das Heft führungsmanagementgeschult in die Hand, indem er den Pathologen auswegsuchend fragte:"Hätt' ma des erkennan miassn oder war sie, so oder so, gsturbn?", „Im Nachhinein ausgesprochen schwierig zu beurteilen, zunächst ist es völlig unklar, ob man die späteren Veränderungen an der Lunge von Frau Jovanovic, schon bei der Entlassung hätte erkennen können, beziehungsweise, ob man mit einer entsprechenden Therapie den Lauf der Dinge hätte beeinflussen können. Allerdings wurde es bedauerlicherweise verabsäumt, eine abschließende Röntgenaufnahme des Brustkorbes von Frau Jovanovic durchzuführen, sodass die Beweislast eindeutig auf unserer Seite liegt."

Mit zunehmend gerötetem Kopf und dicht auf der Stirn stehenden Schweißperlen ging Direktor Oppolzer direkt in den Angriff über:"Und warum, um Herrgott's Willen, hobm mia ka Röntgen gmocht, do geb ma zig Millionen Euro im Johr aus und donn moch ma net amol a Scheisslungenröntgen?" Voller Zorn und mit bebender Stimme schrie er den direkt neben ihm sitzenden Professor Bernhard an und schoss ihm dicke Speicheltröpfchen ins Gesicht, was von diesem zähneknirschend hingenommen wurde.
„Diese zugegebenermaßen berechtigte Frage darf ich unmittelbar an die betreuende und somit alleinverantwortliche Ärztin, Frau Doktor Goldblum,

weiterleiten", war die verteidigende Antwort des abteilungsverantwortlichen Primarius Bernhards, der die Kontrolle über seinen in alle Richtungen zuckenden Mundwinkel in der Zwischenzeit zur Gänze abgegeben hatte und sich beiläufig mit einem hervorgekramten Stofftaschentuch übers Gesicht wischte.

Kathi sammelte ihre verbliebenen Kräfte und bemühte sich um eine sachliche Antwort:"Frau Jovanovic hat sich von ihrer Lungenentzündung prächtig erholt, die genaue klinische Untersuchung zeigte sich ebenso, wie die mehrfach durchgeführten Blutuntersuchungen, als absolut unauffällig, sodass für mich keinerlei Notwendigkeit für eine, aus meiner Sicht, sinnlose Strahlenbelastung bestand." „Sinnlos sei dahingestellt", brummelte Direktor Oppolzer „hätt uns immerhin einige Scherereien erspart , wie auch immer, Herr Primarius, Frau Doktor, wos tua ma?"

Oberarzt Birnbacher meldete sich zaghaft zu Wort: „Wenn ich einmal etwas anmerken dürfte, würde ich vorschlagen, auf Herrn Jovanovic aktiv zuzugehen, ihm im Namen der verantwortlichen Abteilung und des Spitalsträgers zunächst für seinen schweren Verlust ehrliches Beileid auszusprechen und für allfällig stattgefundene Behandlungsfehler die Verantwortung zu übernehmen und eine entsprechende Schadensersatz-zahlung zu vereinbaren." „Na, sicha net, do kenn ma jo glei zuasperrn, kummt übahaupt net in Frage", war die entrüstete Antwort des Spitaldirektors, der unmittelbar von Primar Bernhard adjustiert wurde: „Ich denke auch, dass wir einfach den Lauf der Dinge abwarten sollten. Ich bin felsenfest davon überzeugt, dass Herr Jovanovic nicht dazu in der Lage ist, ein vernünftiges Gespräch mit einem Rechtsanwalt zu führen, ganz abgesehen davon, dass er mit Sicherheit nicht die Kosten eines Rechtsstreites tragen kann." In allgemeiner Übereinstimmung, vorerst einmal nichts zu tun, wurde die Sitzung aufgelöst und Primarius Bernhard konnte es für alle leicht erkennbar, nicht erwarten, in sein Büro an seine Arbeit zurückzukehren. Kathi hingegen brauchte einige Momente, das soeben Gehörte zu verdauen, sich zu sammeln und einigermaßen waidwund auf ihre Station zurückzutorkeln.

*27
Timothy schien in seinem Badezimmer festgewachsen zu sein. Seit knapp drei Stunden befand er sich nun auf engen drei Quadratmetern, um sich für das bevorstehende rendez-vous vorzubereiten. Nichts, aber schon gar nichts, wollte er dem Zufall überlassen, seit Tagen hatte er sich auf den Abend vorbereitet, indem er sich auf der einen Seite einen hochpreisigen, gediegenen Nadelstreifanzug zulegt hatte und auf der anderen Seite sämtliche möglichen Verläufe des Treffens im Geist mehrfach durchging. Wenn sie sich spröde-unnahbar zeigen würde, könnte er als „Frauenversteher" dick punkten; wenn sie noch Zeit bräuchte, würde er sie ihr großmütig zugestehen: „Er wolle sie auf gar keinen Fall unter Druck setzen, sie solle sich alle Zeit nehmen, die sie bräuchte", und wenn sie ein letzter Rest Zurückhaltung hemmen würde, dann wüsste er die Sache tatkräftig in seine gefühlvollen Hände zu nehmen. Er musste diese Frau für sich gewinnen, zu sehr hatte sie sich in seiner Gedankenwelt verfangen. Mittels extralanger fitness-workouts hatte er die letzte Woche versucht, seinen Körper einigermaßen „in shape" zu bringen, sich von seinem mazedonischen Friseur seine diffus ergrauenden Haare rostbraun tönen lassen und versucht, mit elektrischem Haar- und Bartschneider seines wild wuchernden Ganzkörperpelzes Herr zu werden.

Im Vollbad mit garantiert aphrodisierenden Kräuteressenzen ließ er den kommenden Abend in allen Einzelheiten nochmals Revue passieren, und es musste schon sehr viel schieflaufen, dass dieser Abend nicht in hemmungslosem Sex mit Sonja enden würde. Nachdem er aus der Wanne gestiegen war, cremte er seinen

Luxuskörper großzügig mit fruchtig-vitalisierender Körpermilch ein, anschließend verwöhnte er sein Gesicht mittels großzügig aufgetragener Feuchtigkeitscreme mit anti-aging-factor. Einer mit höchster Präzision durchgeführten Trockenrasur folgte der zurückhaltende Einsatz von naturbrauner Wimperntusche, um die Intensität seiner schmachtenden Blicke noch weiter zu verstärken. Aus langjährigen Paartherapiegesprächen wusste er, dass die Körperhygiene einer der allerwichtigsten Attraktivitätsfaktoren bei Männern war, also was sollte da noch schiefgehen? Zum Abschluss zwinkerte er sich keck im Spiegel zu, bevor er sich ein rauchiges „Gehen wir zu dir oder zu mir?" zuraunte.

Timothy hatte eine gute Woche lang hin- und herüberlegt, mit dem Anruf lange Zeit gezögert; er wusste, dass eine private Kontaktaufnahme dem strengen psychotherapeutischen Verhaltenskodex widersprach. Und trotzdem war ihm diese faszinierende Frau nicht mehr aus dem Kopf gegangen, hatte sich in seinen hemmungslos geilen Hirnwindungen eingenistet. Er würde es sich sein ganzes Leben lang vorwerfen, wenn er gerade bei ihr sein Glück nicht versucht hätte. Schließlich suchte er die Telefonnummer von Sonja aus seinen Karteikarten heraus und wählte ihren Anschluss, um beim ersten Läuten sogleich wieder aufzulegen. Was machte er da, legte er es wirklich darauf an, seine psychotherapeutische Lizenz zu verlieren?

In seinem Kopf legte er sich ausgeklügelte Worte zurecht, mit denen er Sonja zu einem Treffen überreden wollte. Es waren ehrliche Sätze, die unmittelbar und echt wirken sollten, Worte, denen eine Frau üblicherweise nicht widerstehen konnte. Als er schließlich doch den Mut fand, beim Abheben Sonjas nicht sofort wieder aufzulegen, übermannte ihn die Nervosität und in seiner Not stammelte er unzusammenhängend:"Grüß Gott, hier spricht Doktor Lenzbacher, ich konnte nicht anders, als sie anzurufen. Die zurückliegende Therapiesitzung, gemeinsam mit ihrem Mann, liegt mir noch immer im Magen. Ich musste mich ganz einfach bei ihnen melden, schlicht, weil ich denke, dass noch so vieles offen geblieben ist, so viele Themen angerissen wurden. Das plötzliche, abrupte Ende unserer Zusammenkunft, der unerledigte Abschluss der Therapie, all das hat mich dazu ermuntert, mich mit ihnen in Verbindung zu setzen, damit wir uns nochmals zu zweit in Ruhe zusammensetzen und das Ganze durch besprechen können. Natürlich unentgeltlich und nur, wenn sie es wollen." Kein einziger der vorbereiteten Sätze hatte seinen Mund verlassen, stattdessen hatte er sich hinter seinem Therapeutentum versteckt und fadenscheinige Gründe für seinen Anruf zusammen gestottert. Trotzdem erreichte er das erhoffte Ziel, Sonja hatte einem Treffen im Kaffeehaus zugestimmt. „Yes, Yes, Yes", mit geballter Faust triumphierte er und war fest davon überzeugt, dass sich der letzte, fehlende Rest unter vier Augen erledigen würde.

Der Gedanke, die heutige Nacht in Sonjas Armen, Scheide, oder wo auch immer, zu verbringen, erfüllte ihn mit einer überbordenden Vorfreude. Nun aber wurde es Zeit, sich fertig zu machen, die Zeit drängte.
Abschließend gelte er sein umkoloriertes Haupthaar nach hinten, putzte fein säuberlich die Zähne, schlüpfte in die parat liegenden Kleidungsstücke und besprühte sich

gedankenverloren mit dem in allen Zeitschriften beworbenen, Frauendahinschmelzen-lassenden Duft, ohne dabei auf den wichtigsten Körperteil zu vergessen. George Clooney konnte sich echt schon mal warm anziehen. Nach Anlegen seiner gediegenen Fliegeruhr, warf er noch einen letzten Blick auf das Display seines Handys, um die Anzeige einer eingetrudelten SMS zu erkennen. „Lieber Herr Doktor Lenzbacher, es tut mir fürchterlich leid, aber mir ist heute etwas dazwischengekommen, sodass ich unser Treffen canceln muß. Hab heute den Mann meines Lebens kennengelernt, bin ganz hin und weg, kann mich momentan echt nicht mehr mit dem ganzen alten Scheiß auseinandersetzen. Trotzdem herzlichen Dank für ihre ehrlichen Bemühungen, werde sie allen meinen Freunden weiterempfehlen. Liebe Grüße, **Sonja Birnbacher**."

Fuchsteufelswild schleuderte Timothy sein Smartphone auf den Fliesenboden und gab einen grimmigen Wutschrei von sich. Nachdem er voller Zorn mit der Faust gegen die wehrlose Badezimmerwand gedroschen hatte, brauchte er einige Minuten, um sich von dem heftig pochenden Schmerz in seiner rechten Hand zu erholen. Als der Schmerz langsam nachließ, bückte er sich nach dem Handy und stellte erstaunt fest, dass es noch Lebenszeichen von sich gab. Ohne lange zu überlegen, wählte er die altbekannte Nummer von Lady Lack, die erfreulicherweise für einen alten Stammkunden noch einen Termin einschieben konnte. Keine zwanzig Minuten später hing er nackt und angekettet an den kräftigen Deckenhaken des Studios, um unter den harten Rutenhieben einer Haselgerte lustvoll aufzustöhnen.

*28
„Dieser verdammte Abschlag", frustriert nippte Professor Bernhard an seinem offensichtlich doch nicht jedem Flügel verleihenden Energy Drink und ließ die zurückliegende Golfstunde verbittert Revue passieren. Obwohl er sich den teuersten Driver dieser Saison geleistet hatte, ein Schläger, mit dem auch die aktuelle Nummer eins der Welt die Bälle vom T jagte, und dessen außergewöhnlicher Preis sich nochmals durch eine spezielle Schlägeranpassung an seine Schwungtechnik verdoppelte, zeigte sich keinerlei Steigerung seiner Performance. Mittels stundenlanger, lähmender Videoanalysen versuchte er seinen Schwung flüssiger zu machen, ein abgehalfterter pro-Trainer mit nahezu grenzenloser Geduld gab sein Bestes, seinem mit Sicherheit untalentiertesten Schüler zumindest die Basics beizubringen. Gerade einmal die Platzreife hatte er mit Müh und Not geschafft, wobei auch das nur mit „Nachsicht aller Taxen und Golftrainer" gelungen war. Und nun saß der abgekämpfte Gott in Weiß in der Golflounge und hatte noch die Worte seines pros im Ohr, „Come on, doctor, don`t capitulate. I guess, we will spend a lot of time together."

„Warum so gedankenverloren, Herr Kollege?" Max Bernhard hatte nicht bemerkt, wie sich sein Spitalskollege Professor Friedrich Neruda, Vorstand der Röntgenabteilung, seinem Tisch genähert hatte und mit einem lahmen Witz das Gespräch in Gang zu setzen versuchte.„ Was macht eine Frau mit ihrem Mann, damit sie zum Orgasmus kommt?" „Uff, vielleicht auf den Golfplatz schicken ?, Bitte, Kollege Neruda, der Witz hat so einen Bart…" Doktor Neruda versuchte es mit

Vertraulichkeit und rückte seinen Sessel näher heran. „Na, Na, Na, ihre Laune ist ja echt am Tiefpunkt, war wohl nicht ihr Tag heute. Ich denke, sie könnten eine höherprozentige Aufmunterung gebrauchen, darf ich sie einladen? Doppelter Cognac, wie immer?" Ohne die Antwort abzuwarten, winkte er den vorbeikommenden Kellner heran und bestellte das Angebotene, um gleich darauf wieder in der offenen Wunde zu bohren: „Vielleicht sollten wir einmal eine Golfrunde drehen, ich könnte Ihnen sicher mehr beibringen als dieser kaputte pro, mit dem sie trainieren."

Max Bernhard wusste, dass er sich golfmäßig nicht mit seinem Kollegen messen konnte, dieser hatte Handicap 5 und gewann ohne größere Anstrengung regelmäßig die interne Clubmeisterschaft, sodass er abrupt beschloss, das Thema zu wechseln. „Danke für den Drink, und wie läufts bei Ihnen zu Hause, alles im grünen Bereich?" Diese Frage stellte er naturgemäß mit dem entsprechenden Hintergrundwissen, da er über Fräulein Nemecek immer über den neuesten Spitalstratsch informiert wurde und von daher wusste, dass der hochverehrte Herr Professor Neruda in einem ausufernden, blutigen Scheidungsstreit verwickelt war. Ausgelöst war dieses Drama durch ein zwanglos begonnenes Gspusi mit einer radiologisch-technischen Assistentin worden, welches ihm seine leidgeprüfte Gemahlin weder verzeihen konnte noch wollte. Sie hatte über Jahre hinweg beide Augen zugedrückt und über zahlreiche Affären großmütig hinweggesehen. Als diese kleine Röntgenschlampe jedoch direkten Kontakt mit ihr aufnahm, um sie zu einer klärenden Aussprache aufzufordern und eine Scheidung zu erpressen, platzte ihr der Kragen. Kurz und bündig antwortete sie:" Sie können den alten, impotenten Scheißkerl gerne haben, zumindest das, was von ihm übrig bleibt, und ich verspreche Ihnen, es wird nicht viel sein. Ich bin schon sehr gespannt, ob sie dann noch immer so scharf auf ihn sind."

Ein kurzes Räuspern verzögerte die Antwort des Angesprochenen, der sich jedoch keine Blöße gab und die Aufmerksamkeit wiederum von sich ablenkte:„Nun ja, man lebt so, und selbst alles roger?" Auch Professor Neruda hatte seine Aufgaben gemacht und über die reibungslos funktionierende „Stille Post" der Spitalskommunikation erfahren, dass eine Anklage der Patientenanwaltschaft in Zusammenhang mit einem ärztlichen Kunstfehler über der internen Abteilung schwebte. „Ich kann keineswegs klagen", war die unverfrorene Antwort von Primarius Bernhard,"gerade haben wir einen Top-Artikel im „New American Journal of Medicine" platziert, sie wissen schon, Gerinnungs- anomalien, mein Steckenpferd. Außerdem haben wir an der Abteilung eine nahezu 100-prozentige Patientenaus- lastung, sodass demnächst eine Vergrößerung meiner Abteilung ansteht, um den ständig wachsenden Patientenzustrom zu bewältigen." „Das freut mich außerordentlich. In Zeiten der allgemeinen Bettenreduktion von Stationsvergrößerungen zu hören, ist tatsächlich fantastisch. Da kann man ja wirklich nur von ganzem Herzen gratulieren. Sie können mit meiner vollen Unterstützung und Rückendeckung für ihre Pläne rechnen." Während er dem eitlen Geck aufmunternd zulächelte und kumpelhaft zuprostete, beschloss Professor Neruda alles ihm Menschenmögliche zu unternehmen, um die Vergrößerungsavancen seines

Kollegen zu unterbinden. Schon morgen wollte er den ärztlichen Direktor, der ihm noch einen Gefallen schuldete, von der Sinnlosigkeit einer weiteren Ballonierung der äußerst kostenintensiven internen Abteilung überzeugen, um stattdessen für die absolute Notwendigkeit einer Anschaffung eines neuen PET-Scans für seine eigene Abteilung zu plädieren. Dieser elendige Schleimer, der nicht einmal einen Golfball vernünftig abschlagen konnte, sollte schon noch sehen, wo der Bartl den Most holt. „Nun dann, ich muss jetzt wirklich los, werde noch ein paar Bälle auf der Drivingrange rauspfeffern, hat mich sehr gefreut, sie zu sehen, meine Verehrung."

„Ja, bis bald, und nochmals danke für den Cognac.", war die verabschiedende Antwort von Max Bernhard, der sogleich von seiner tristen Gedankenwelt in Beschlag genommen wurde. Diese verfluchte Jovanovic-Geschichte, wie war es möglich, dass sich das ganze Spital das Maul über ihn zerriss? war diese Misere wirklich eine Bedrohung für seine Abteilung? Für ihn? Konnte er tatsächlich wegen dieser alten Vettel belangt werden? Er hatte in seiner Ausbildungszeit schon einmal ein Gerichtsverfahren hinter sich gebracht, weil er einen Patienten mit Lungenembolie als Simulanten abgetan hatte, bis dieser unwiderlegbar bewies, dass dem nicht so war, indem er unerhörterweise innerhalb kürzester Zeit verstarb. Glücklicherweise konnte sein Anwalt nachweisen, dass der Verstorbene schwerer Alkoholiker war, somit sein Ableben so oder so nicht zu vermeiden gewesen wäre und ein Freispruch des ehrgeizig aufstrebenden Jungmediziners die logische Folge sein musste. Er musste alles ihm Mögliche in die Wege leiten, nicht noch einmal in eine derartige Bedrängnis zu kommen. Er würde alles unternehmen, schadlos davonzukommen, und wenn das ein „Opfern" von Frau Doktor Goldblum bedeutete, so würde er keine Sekunde zögern, dieses Opfer zu bringen.

Aber vielleicht, wenn er es geschickt anstellte, konnte er das ganze Schlamassel doch noch zu seinen Gunsten nützen und endlich die kleine Fotze kriegen. Mit einer kleinen ausgefeilten Dramaturgie sollte sich das machen lassen. Ein dunkles Lächeln verdrängte den nervös zuckenden Mundwinkel, bevor sich Professor Bernhard in seinen aberwitzig motorisierten SUV schwang, um sich auf den Heimweg zu machen. Die Gedanken ganz fokussiert auf die Einzelheiten seines langsam konkretere Formen annehmenden Planes, brauste er mit weit überhöhter Geschwindigkeit über den Kiesweg des Golfplatzes.

Zu Hause angekommen führte ihn sein erster Weg direkt an sein angeberisch überquellendes Bücherregal. Mit fiebrig, zitternden Händen wühlte er sich durch die im Rahmen seiner Managementausbildung erhaltenen Bücher, Ordner und Kompendien. Achtlos warf er „Konfliktmanagement im Personalbereich", „Motivationsstrategien- ein notwendiges Übel?" und „Bin ich ein guter Chef?" über die Schulter. Niemals hatte er auch nur einen Blick in diese sinnlosen Machwerke geworfen und würde es auch unter keinen Umständen in Erwägung ziehen. Wo war denn nur dieses unscheinbare, rote Büchlein, in dem er schon des öfteren nachgeschlagen hatte? „Strafrecht für Dummies", wohlweislich hatte man allen zukünftigen

Abteilungsvorständen jeweils ein Bändchen zugesteckt, um sie mit ihrem kommenden Tätigkeitsprofil vertraut zu machen. Nach längerem Suchen tauchte das kleine Büchlein schließlich doch zwischen uralten Anatomieskripten auf und Professor Bernhard blätterte hektisch suchend zwischen den mit einfachen Worten erklärten Gesetzesbrüchen. Keine Minute später stieß er auf das gesuchte Delikt „Vorsätzliche Körperverletzung mit Todesfolge", das wars, damit konnte er die kleine Schlampe in die Mangel nehmen, jetzt hatte er sie, im wahrsten Sinne des Wortes, am Arsch.

*29

Für ihren Geschmack eindeutig zu oft saß Kathi abermals im geschmacklosen Büro ihres Chefs, von ihm getrennt durch das hölzerne Schreibtischungetüm, nachdem sie Fräulein Nemecek mit der allerhöchsten Dringlichkeit zum Herrn Primarius geordert hatte, was sich im Originalton genau so angehört hatte:"Hier Nemecek, dringend zum Herrn Professor, sofort!", um im nächsten Moment aufzulegen, ohne dem Gesprächspartner auch nur den Funken einer Chance auf eine Antwort zu lassen. Kathi hatte keine Ahnung, welcher Teufel ihn jetzt schon wieder ritt, aber aller Voraussicht nach handelte es sich nach wie vor um die leidige Jovanovic-Geschichte. Die Mimik ihres Vorgesetzten genau studierend, um auf alles gefasst zu sein, wartete sie auf die Einleitung, welche ohne sinnlose Zeitvergeudung folgte.

„Sehr geehrte Frau Doktor Goldblum",was für Kathi mit Sicherheit die bedrohlichste Ansprache darstellte, „der Grund unseres Zusammentreffens ist ein äußerst ernster, geradezu alarmierender. Wie sie sich wohl ohne größere Schwierigkeiten vorstellen können, handelt es sich weiterhin um die lästigen Nachwehen des unerfreulichen Todesfalles von Frau Jovanovic, der in der Zwischenzeit eine wahre Kettenreaktion höchst bedrohlicher Malaisen verursacht. Der ehrenwerte, aber bedauerlicherweise äußerst streitbare Sohn Mirko Jovanovic hat gestern bei der Staatsanwaltschaft eine Anzeige wegen vorsätzlicher Körperverletzung mit Todesfolge erstattet. Beschuldigte zum einen der Spitalsträger, zum anderen der behandelnde Arzt, in diesem Fall, Ärztin, Frau Doktor Katharina Goldblum."

Kathi hatte mit vielem gerechnet, aber, dass sie sich jetzt als Beschuldigte in einem strafrechtlichen Ermittlungsverfahren vor einem Richter verteidigen musste, versetzte ihr einen tiefen Schlag in die Magengrube. Sprachlos und schockiert von der existenzbedrohenden Nachricht, sank Kathi, für Professor Bernhard unschwer zu erkennen, in sich zusammen. Ein Gerichtsverfahren, in dem sie ihr ärztliches Handeln begründen musste, was ihr möglicherweise unzureichend gelingen würde, sodass mit einer Gefängnisstrafe zu rechnen war, verdammt, sie musste unmittelbar einen Rechtsanwalt konsultieren. Kathi stand mit dem Rücken zur Wand, die hektischen, einen Ausweg suchenden Gedanken, die ihr durch den Kopf schossen, ließen sie in eine Art Schockstarre verfallen, aus der sie sich minutenlang nicht erholen konnte.

Der gegenüber sitzende Primarius schien den Moment intensiv auszukosten, ließ sein Gegenüber ausgiebig bluten, bevor er, merkwürdig distanziert, zu einer neuerlichen Ansprache ansetzte: "Nun lassen sie mal den Kopf nicht hängen, liebe Frau Doktor, so schnell geben wir die Schlacht nicht verloren. Es stehen uns, insbesondere mir, eine Vielzahl an Mitteln und Wegen zur Verfügung, um aus dieser Malaise",es handelte sich offenbar um sein neues Lieblingswort,"herauszukommen. Es ist nun einfach der Zeitpunkt, unsere Kräfte zu fokussieren, in Ruhe die gesamte Situation zu überblicken, um in weiterer Folge eine lupenreine Verteidigungsstrategie mit der Vernichtung des Feindes zu entwickeln." Professor Bernhard liebte es, sich in die Rolle eines Feldherren zu versetzen und verwendete mit Vorliebe entsprechendes Vokabular, um gleich darauf fortzusetzen:"Um dieses Ziel zu erreichen, ist es naturgemäß unvermeidlich, alle Kräfte zu vereinen, zusammenzurücken, sprich, die Kräfte zu bündeln, aber auch bisherige Differenzen zu begraben. Mir stehen beste Verbindungen, direkt ins Justizministerium, aber auch in die höchsten politischen Kreise dieser Bananenrepublik, zur Verfügung, um ein allfälliges Verfahren entsprechend der Hierarchien zu beeinflussen, sodass es uns mit Sicherheit gelingen wird, den Teufel mit dem Beelzebub auszutreiben".

„Was meinen sie mit zusammenrücken?", war die unvermeidliche Frage, die sich der leichenblassen Kathi auf die Lippen drängte. „Nun ja, wie soll ich sagen, was man halt so meint, „eine Hand wäscht die andere", kleine, unbedeutende Gefälligkeiten, die gemessen an der Tragweite eines verlorenen Gerichtsverfahrens winzige peanuts darstellen." „Niemals, bevor ich mich ihnen gefällig zeige, gehe ich zehn Jahre nach Alcatraz und lass mich dort bei Wasser und Brot an einen Stein ketten.", entfuhr es Kathi, ohne eine Sekunde nachzudenken oder die resultierenden Folgen abzuwägen.
„Sachte, sachte, so schnell schießen die Preußen aber wirklich nicht, verehrte Kollegin", versuchte der Professor die junge Kollegin mit seinem charmantesten Lächeln einzubremsen. In einer dramaturgisch perfekt gesetzten Pause begann er mit der allergrößten Genauigkeit seine Lesebrille zu polieren. Tief in Gedanken versunken, schien er mit der Suche eines Ausweges aus der Misere beschäftigt, bis er mit leiser, versöhnlicher Stimmer fortsetzte:" Ich würde mir nur winzige Gefälligkeiten ihrerseits erwarten, schlicht und einfach, um zu gewährleisten, dass wir gemeinsam

schadlos aus dieser ganzen unerquicklichen Affaire herauskommen. Sie haben die Wahl, sie können als Einzelkämpferin ihr Glück versuchen und in einen von vorneweg aussichtslosen Kampf ziehen, um ihrem sicheren Untergang entgegenzusteuern. Ganz abgesehen davon, werde ich meine mir zur Verfügung stehenden, nicht geringen Mittel und Kontakte dazu benützen, ihre ärztliche Laufbahn unwiderruflich zu beenden, sprich, sie beruflich zu zermalmen. Jedes Spital in Mitteleuropa wird ihre Bewerbung ungeöffnet im Papiermüll entsorgen, ihre bis dato vielversprechende Facharzt-karriere wird enden, bevor sie überhaupt begonnen hat. Aller Voraussicht nach, würden sie nicht einmal ihre ärztliche Approbation behalten, aber wie sie meinen, wenn sie glauben, dass sie die zu erwartenden, beachtlichen Schadenersatzforderungen von Herrn Jovanovic mit minderwertigen Jobs begleichen können, kann und will ich sie nicht aufhalten."

Primarius Bernhard legte wiederum eine kurze Kunstpause ein, um sich selbstgefällig durchs glatt gegelte Haar zu streichen und nun eine väterlich-fürsorgliche Pose einzunehmen, dann setzte er mit weicher Stimme fort:"Auf der anderen Seite könnten wir die Uhr zurückdrehen, quasi bei Null beginnen, und unsere nichtigen Differenzen begraben. Danach würde ich meine herausragenden Netzwerke aktivieren und die Klage dieses lästigen Querulanten ohne größere Anstrengung abschmettern. Ich könnte ihre weitere ärztliche Laufbahn in höchstem Maße protegieren, um konkret zu werden, ich spreche von einer Habilitation und dem ersten Oberarztposten, auf den ich sie an Stelle dieses hirnlosen Idioten Birnbacher hieven würde; und das alles für die eine oder andere belanglose Gefälligkeit, Kollegin Goldblum, seien sie nicht töricht, überstürzen sie nichts und lassen sich alles nochmals in Ruhe durch den Kopf gehen. Wir zwei hübschen setzen uns dann, sagen wir mal, Ende der Woche, nochmals zusammen und treffen eine gemeinsame Entscheidung im Sinne aller Beteiligten. Ich wünsche ihnen noch einen wunderschönen Tag, liebe Kathi, Kopf hoch, keep smiling."

„Das ist Erpressung", war das letzte, was Kathi mit letzter Energie hervorbrachte, Primarius Bernhard überhörte generös den kraftlosen Einwand und geleitete sie unter dem Vorwand eines weiteren dringenden Termins zur Tür. Kathi wusste, dass das soeben geführte Gespräch ihr Leben auf den Kopf stellen würde und nichts so blieb, wie es war. Sie stand definitiv am Abgrund und die einzige Frage, die ihr durch den Kopf ging, war, ob es nicht besser wäre, gleich aus eigener Intention zu springen. Der zurückbleibende Professor hingegen gönnte sich ob der mehr als gelungenen schauspielerischen Performance einen doppelten Cognac, um sich beglückwünschend zuzuprosten. Man konnte sagen, was man wollte, aber dieser Auftritt hätte sich auch in Hollywood sehen lassen können.

*30
Der nach unten durchsichtige Lift glitt geschmeidig an der Glasfassade empor, um einen atemberaubenden Blick auf die sich langsam entfernende Heimatstadt zu offenbaren. Kathi hatte jedoch keinerlei Sinn für überwältigende Aussichten, zu sehr war sie mit dem bevorstehenden Treffen mit ihrem alten Studienkollegen Willy beschäftigt. Willy war der beste Freund von Tom gewesen und sie hatten gemeinsam viel Zeit verbracht, wilde Festln besucht, das Studentenleben in vollen Zügen genossen. Zugleich hatte sie sein homosexuelles coming-out hautnah miterlebt, ihn, soweit es ging, unterstützt und als running gag Tom um die Wette angeflirtet. Der Kontakt war sehr innig gewesen, aber mit dem Zerbrechen der Beziehung zu Tom, war auch ihre Freundschaft abgekühlt. Willy hatte sein Rechtsstudium kurz vor dem Endspurt abgebrochen und in einer Unternehmensberatungskanzlei angeheuert. Dort entwickelte er ein für Furore sorgendes buchhalterisches Softwareprogramm, wurde hochbezahlter Agenturpartner und hatte somit keinerlei Anreiz, den beschwerlichen Rest seines Studiums in Angriff zu nehmen. Trotzdem war er für Kathi so etwas wie ihr persönlicher Rechtsanwalt geblieben, der ihr von Zeit zu Zeit mit einem Ratschlag zur Seite stand, sodass sie sich unmittelbar nach dem Treffen mit Primar Bernhard einen Termin ausgemacht hatte.

Im 27.Stock des Towers verließ Kathi den inzwischen zur Touristenattraktion umfunktionierten Lift, indem sie sich zwischen enthemmt fotografierenden Japanern durchzwängte, und klingelte an der Tür mit dem in stylishem grau beschriftetem Messingschild „KMW

Kunz Maier Waldner & Partner-Unternehmensberatung GmbH". Eine außergewöhnlich zuvorkommende und überaus attraktive Empfangsdame hieß sie herzlich willkommen, half ihr aus dem Mantel und führte sie umgehend ins Büro ihres alten Freundes.
Wilfried Waldner war ein drahtiger Mann im besten Mannesalter in wie angegossen sitzendem Fischgrätanzug, schlank und durchtrainiert, perfekt manikürte Hände, der Inbegriff eines Mannes, der sowohl Männer-, als auch Frauenherzen schneller schlagen ließ, sie vom ersten Moment an verzauberte. Er machte den Eindruck eines passionierten Marathonläufers und bewegte sich mit weichen Bewegungen auf sie zu, um sie herzlich an seine Brust zu drücken und anschließend mit seinem niemals erfolglosen Lächeln begrüßte:" Liebe Kathi, schön, dich wieder mal zu sehen, freu mich echt total, komm doch weiter und nimm Platz." Kathi fühlte sich Willy vom ersten Moment an nahe, wie in alten Zeiten, sie war überrascht, wie schnell sich wieder eine unglaubliche Vertrautheit und Nähe einstellte, gleichzeitig fragte sie sich, warum sie sich mit einer für sie so wertvollen Person nur so selten traf. Kathi fühlte sich sofort gut aufgehoben und war bereit, über ihre belastende Situation zu berichten. Sie war davon überzeugt, dass ihr Willy wertvolle Tips geben konnte und ihr helfen würde, ein wenig Ordnung in ihre verfahrene Situation zu bringen. Sie setzte sich vis-a-vis von ihm auf die gediegene Ledercouch und lehnte das Angebot eines Milchkaffees dankend ab, um nach einem kurzen Geplänkel mit Beziehungs-Update direkt zur Sache zu kommen.

Kathi wusste zunächst nicht, wie sie beginnen sollte, aber schließlich kam sie in Fahrt und erzählte vom Tod von Frau Jovanovic, den darauf folgenden Wirren und der inzwischen eingebrachten Anzeige. „Hmm, echt heftig.", grübelte der konzentriert lauschende Nahezu-Rechtsanwalt am Ende der Schilderung, "Körperverletzung mit tödlichem Ausgang, Paragraph 86, Strafrahmen ein bis zehn Jahre, da hat jemand echt übers Ziel hinausgeschossen", sagte er mehr zu sich, bevor er Kathi direkt ansprach:"Du musst dir auf jeden Fall einen ausgezeichneten Rechtsanwalt suchen, vielleicht lässt sich da ja noch etwas machen und die Staatsanwaltschaft schwächt auf fahrlässige Tötung mit einer maximalen Freiheitsstrafe bis zu einem Jahr ab. Ich bin de facto kein Spezialist für Strafrecht, hab` den Schmarrn vor gut zehn Jahren gelernt und schon damals nicht verstanden, sorry, aber ich kann mich schlau machen, wer dich vertreten könnte."

Mit diesem im Raum schwebenden Damoklesschwert konnte Kathi nun doch einen Kaffee gebrauchen. Ihr ganzes Berufsleben hatte sie eine solche Situation befürchtet und jetzt steckte sie mittendrin, ausgeliefert den juristischen Spitzfindigkeiten irgendwelcher Rechtsverdreher auf der einen Seite, und dem good will ihres Chefs auf der anderen Seite, viel dicker konnte es echt nicht kommen. Langsam kam Kathi wieder zur Ruhe, kurz fragte sie sich noch, ob es denn wirklich eine gute Idee gewesen war, mit ihrem Problem zu Willy zu kommen, bevor sie in die Offensive ging: „Hallo! Dass ich ein Problem habe, weiß ich selber, aber eigentlich bin ich zu dir gekommen, weil ich dachte, du könntest mir helfen und jetzt machst du mich komplett fertig?!"

Willy ahnte, dass er bis dato nicht sehr hilfreich gewesen war und versuchte sich, nach einer kurzen Nachdenkpause, in der er sein ohnehin perfekt sitzendes Jackett zurechtrückte und seinen krokoledernen Maßschuhen einen wohlgefälligen Blick zuwarf, in konstruktiveren Vorschlägen:"Ich denke, du musst auf das Wesentliche fokussieren: Nummer eins, ein erfahrener Ia-Anwalt, der mit allen Wassern gewaschen ist und die ganze Bandbreite an Tricks parat hat, vielleicht kann man das Ganze mittels wohlgesinnter Gutachten in die richtige Richtung drehen. Du könntest auch versuchen, die Letztverantwortung auf deinen Chef abzuwälzen und ihn ins Schussfeld rücken. Aber was du mir bis jetzt von ihm erzählt hast, würde er sich eiskalt abputzen und behaupten, von nichts gewusst zu haben und dann stehst du erst recht im Regen. Ich weiß aus meinem Job, dass das A und O eines erfolgreichen Berufslebens ein erstklassiges networking ist. Insofern bin ich davon überzeugt, dass es mit Sicherheit die beste Strategie wäre, sich im Spital Verbündete zu sichern, um gemeinsam an einem Strang zu ziehen und auf einer völlig regelkonformen Behandlung von Frau Jovanovic zu beharren, beziehungsweise ihr tragisches Ableben als schicksalhafte, unvermeidliche Fügung darzustellen."

„Du klingst schon wie mein Chef, man könnte meinen, ihr hättet vorher miteinander telefoniert."Gab es denn wirklich keinen anderen Weg, als mit diesem Kotzbrocken zu kooperieren? Kathi versuchte als letzte Gegenwehr mit einer Frage zu kontern: "Zusammengefasst soll ich also gemeinsame Sache mit diesem Kretin machen?" Willy rang einige Momente mit einer Antwort, bevor er beschwichtigend entgegnete:

"Na ja, nur eine begrenzte Dauer und nur solange er dir nützt, aber ja, ich denke, dass das die beste Strategie wäre. Einen Gerichtsprozess alleine durchzustehen, kann ich echt niemandem, und schon gar nicht dir, empfehlen. Liebe Kathi, es tut mir echt leid, aber ich steh total unter Zeitdruck, ich muss heute Abend noch nach Graz düsen, wir haben da einen neuen Klienten an der Angel. Tut mir echt leid, dass wir nicht mehr Zeit zum Plaudern hatten, aber ich ruf dich in den nächsten Tagen an und du versprichst mir, dass du dich meldest, wenn du etwas brauchst." Willy trat an die somit verabschiedete Kathi heran und drückte sie nochmals, so fest er konnte, an seine durchtrainierte Athletenbrust. Kathi genoss die Nähe eines seit Jahrzehnten vertrauten Menschens in vollen Zügen. Es kam ihr wieder in den Sinn, wie gut Willy schon damals gerochen hatte, ein herber Männerduft, der sich mit dem Geruch von Wind und Sonne mischte und in Kombination eine unwiderstehliche Mischung bildete. Nur ungern trennte sie sich von der heimeligen Nähe, um ins bedrohliche Jetzt zurückzukehren. Beide wussten, dass ein bisher nicht angesprochenes Thema noch immer im Raum stand, sodass Willy abschließend, kurz und bündig, verkündete: „Es geht ihm gut, see you, lass dich nicht unterkriegen, liebste Kathi." Nachdem er ihr einen kurzen Kuss auf ihre Wange gedrückt hatte, verschwand Willy David-Copperfield-gleich aus seinem Büro und Kathi packte ihre Sachen zusammen, um sich mit dem Teufelslift wieder in die Schlangengrube von Wien zu begeben.

*31
Kathi lag zusammengerollt und mit ihrer geliebten, dicken Daunendecke bis zum Kinn zugedeckt, auf ihrer Wohnzimmercouch. Ewig gleiche Gedanken hielten ihren Kopf in Beschlag, was zum Teufel sollte sie tun. Die Vernunft riet ihr, sich mit der Kröte zu verbünden und gute Miene zum bösen Spiel zu machen, und sei es nur, um den drohenden Prozess ohne Verurteilung zu überstehen und unmittelbar darauf ihren Spitalsjob zu kündigen und sich im Ausland nach einer neuen Herausforderung umzusehen. Aber konnte sie sich dann je wieder in den Spiegel schauen, ohne sich sofort übergeben zu müssen, würde sie einen zu großen Teil ihrer Selbstachtung verkaufen, einen Teil, der den Rest ihres Lebens schmerzhaft fehlen würde, sie wusste es nicht.

Gab es vielleicht einen dritten Weg, den sie in ihrer ausweglos scheinenden Situation nicht erkannte, sollte sie jemanden um Hilfe bitten? Aber wer sollte das sein? Kathi führte ein sozial zurückgezogenes Leben und die Menschen, denen sie vertraute, konnte sie an drei Fingern abzählen. Außerdem war sie es gewohnt, ihre Probleme alleine zu lösen, so wie sie es in ihrer Kindheit schmerzhaft hatte lernen müssen. Niemals hatte sie jemanden gefunden, dem sie sich anvertrauen konnte. Irgendwann hatte sie in ihrer Not begonnen, ihre düsteren Gedanken in eine Art Tagebuch zu kritzeln, hatte verzweifelt versucht, ihren Kummer schreibend loszuwerden. Seitenlange Elegien der Schwermut, zahllose, leergeschriebene Kugelschreiber, um aus ihrer Welt der Einsamkeit zu entkommen, unzählige Tränen, die die Seiten kräuselten, bis zu dem Moment, in dem sie erkannte, dass durch das Schreiben alles nur noch schlimmer wurde und sie einem kurzentschlossenen Impuls folgend ihre Tagebücher im Hinterhof verbrannte. Kurz kam ihr Doktor Lenzbacher in den Sinn, aber nach den letzten Sitzungen hatte sie eine längere Psychotherapiepause gebraucht, zu wenig greifbar war für sie der Nutzen dieser endlosen Therapie, zu wenig hilfreich erschienen ihr seine Interventionen. Nicht einmal von ihren grauenhaften Alpträumen konnte sie dieser Quacksalber befreien, ganz zu schweigen davon, ihr beängstigend aus den Ufern geratenes Leben in ruhigere Bahnen zu geleiten, nein, vermutlich war das auch zu viel verlangt, das musste sie schon selbst bewerkstelligen.

Mit hastigen Schlucken leerte sie das soeben nachgeschenkte Punschglas und zog die dicke Decke noch ein Stückchen näher ans Kinn heran, nachdem ein schauderhaftes Zittern ihren sichtbar abgemagerten Körper erfasst hatte. Sie hatte seit Tagen nichts Ordentliches, wie ihre Mutter es bezeichnete, gegessen, ihre ungewaschenen Haare standen igelsgleich in alle Richtungen von ihrem Kopf und so kauerte sie den ganzen restlichen Tag in ihrem löchrigen, uralten Schlaf-T-Shirt herum. Sich selbst aus der Vogelperspektive betrachtend, erkannte sie die eigene Tristesse und kam zu dem Entschluss, ihre Situation zum momentanen Zeitpunkt nicht ändern zu können. Um zumindest einige Momente Entspannung zu finden, warf sie kurz darauf drei Schlaftabletten ein. Da sie wusste, dass sie die kreisenden Gedanken trotzdem nicht schlafen lassen würden, und sie diese Gedankenschleifen nur auf eine Art und Weise unterbrechen konnte, begann sie auf mechanische Art und Weise zu masturbieren, während sie in ihrem Kopf ihr kleines

Pornokino in Gang setzte. Nachdem sie nur mit Mühe einen Höhepunkt erreicht hatte, stöhnte sie kurz auf und fiel einige Momente später in einen oberflächlichen, unruhigen Dämmerschlaf.

Kathi wanderte bei wolkenverhangenem, diesigem Herbstwetter eine wohlvertraute Bergroute, die sie in ihrer Kindheit des Öfteren mit ihrer Mutter gegangen war. Die Baumgrenze weit hinter sich lassend, gelangte sie in eine zunehmend unwirtliche Alpinwelt, in der es jetzt auch noch zu regnen begann und ihr ein beißend kalter Wind ins Gesicht blies. Sie marschierte einen schmalen Kiesweg entlang und tastete sich mit Hilfe eines am Wegrand befestigten Drahtseils empor, stets sorgsam auf ihre Schritte achtend, um nicht auf den feucht-glatten Steinchen auszurutschen. Trotzdem musste sie sich beeilen, um noch vor der Abenddämmerung die wärmende Schutzhütte zu erreichen. Zum Glück kannte sie den zu gehenden Weg in- und auswendig, sodass sie an den Markierungen und Wegweisern achtlos vorbeiwandern konnte. Aufatmend stellte sie fest, dass es nicht mehr weit sein konnte, da der steilste Teil des Weges hinter ihr lag und sie in der Ferne die beleuchteten Fenster der Hütte erkennen konnte.

In diesem Moment brach ohne jegliche Vorwarnung ein Teil des Pfades unter ihren Füßen weg. Das Ganze passierte so unerwartet und schnell, dass sie keine Chance hatte, sich irgendwo festzukrallen und stattdessen ohne jeglichen Halt in die Tiefe stürzte. Ein markerschütternder Schrei drang aus ihrer Kehle, um einige Momente später an der gegenüberliegenden Bergwand als schauderhaftes Echo widerzuhallen. Mit Armen und

Beinen rudernd, stürzte sie im freien Fall in ein tiefes, schwarzes Loch. Eine nackte, panische Angst erfasste ihr ganzes Sein, als sie, der gnadenlos überlegenen Schwerkraft ausgeliefert, wie ein Stein zu Boden fiel. Das einzige, was sie irgendwann zu wundern begann, war die endlose Dauer ihres Sturzes, als würde sie den Boden niemals erreichen, sie flog und flog, stürzte und stürzte, schrie und schrie. Kurz bevor sie die durchlebte Todesangst endgültig verrückt werden ließ, erwachte Kathi. Schweißgebadet fuhr sie in die Höhe, kehrte nur langsam aus ihrer entsetzlichen Traumwelt zurück, um in der kaum besseren Realität anzukommen. In diesem Moment wusste sie, dass sie eine Entscheidung zu treffen hatte, eine Entscheidung, die sie ihr Leben lang begleiten und mit der sie in Zukunft leben würde. Kathi beschloss in den sauren Apfel zu beißen und die Krot zu fressen, wie man es in Österreich so treffend umschreibt.

*32
Langsam begann Kathi das monströse Schreibtischungetüm zu hassen. Diesmal saß sie jedoch nicht davor, sondern kauerte in höchst unbequemer Position darunter, zu Füßen ihres Chefs. Nachdem dieser seine lächerlichen, dunkelblauen Seiden-Boxershorts mit kleinen Goldkrönchen abgestreift hatte, machte sich seine Assistenzärztin an seinem Penis zu schaffen. Ja, sie hatte lange hin und her überlegt und sich schließlich dazu durchgerungen, bis zu einem gewissen Punkt mit ihm zu kooperieren. Zu groß war die Angst vor dem Wahrwerden seiner Drohungen, zu klein waren die verbliebenen Kräfte, diesen Kampf alleine durch zu stehen. Der von ihm vorgeschlagene Deal, ihrem Chef im Rahmen eines kleinen Rollenspieles orale Befriedigung zu verschaffen, erschien vergleichsweise banal. Kathi hatte zu vielen, zum Teil völlig unbekannten, Männern einen geblasen, als, dass sie daraus ein Riesending machen würde. Im Gegenteil erschien es ihr geradezu unverhältnismäßig einfach, sich auf diese Art und Weise aus der Affaire zu blasen. Allerdings war es für sie auch ganz klar, dass damit ihre Kooperation hinlänglich bewiesen war und es mit Sicherheit keine Fortsetzung geben würde.

Der höchst erfreute Professor Bernhard ließ sich nicht lange bitten und schlug als Gegengeschäft ein winzigkleines Rollenspiel vor. Der Chef der zukünftig größten internen Abteilung von Wien, zumindest sah er sich als solcher, sitzt an der Schaltzentrale des medizinischen Geschehens des gesamten Wiener Beckens an seinem imposanten Schreibtisch, erledigt allerwichtigsten Schreibkram und Korrespondenzen. Gleichzeitig diktiert er seiner ihm völlig verfallenen Chefsekretärin Briefe und bespricht kommende Termine, während Frau Doktor Goldblum ungesehen und lautlos, dafür umso gewissenhafter, ihren blow job verrichtet.

Kathi hatte sich, wie gesagt, damit einverstanden erklärt und war nun bestrebt, ihren Teil der Vereinbarung so rasch wie möglich zu erledigen. Sie spuckte in ihre Handflächen und begann den offensichtlich gerade erst glattrasierten Penis zu massieren. Als dieser auch in erigiertem Zustand nur bedingt an Größe zulegte, dachte sie an die vertraulichen Erfahrungsberichte einer Studienkollegin, die über eine statistisch signifikante Anzahl an sexuellen Erfahrungen mit Sportwagenfahrern mit durchgehend kleinen Penissen zurückblicken konnte. Nach einem kurzen Lächeln beschloss sie, dem bösen Spiel ein rasches Ende zu bereiten und umschloss des Professors bestes Stück mit ihrem Mund, um saugend und leckend eine rasche Ejakulation zu erreichen. Währenddessen gelang es Doktor Bernhard eindrucksvoll, sich in den ins Diktat vertieften Vorgesetzten zu versetzen, mit Fräulein Nemecek wichtige Nachmittagstermine zu besprechen und gleichzeitig einen Tadel wegen eines versäumten Telefonats auszusprechen. Erst mit Erreichen des Höhepunktes kippte er kurz aus der Rolle, seufzte kurz auf, räusperte sich und verbannte Fräulein Nemecek zurück ins Vorzimmer, um, wie er sagte, ein anstehendes, vertrauliches Telefongespräch mit dem Bürgermeister zu führen.

Nachdem Kathi das Sperma unter den ungeliebten Schreibtisch gespuckt hatte, kroch sie, ihre Gelenke langsam aufrichtend, darunter hervor, um von einem übers ganze Gesicht strahlenden Professor empfangen zu werden.„Na bitte, warum nicht gleich? So stell ich mir eine weitere, gedeihliche Zusammenarbeit vor, gemeinsam werden wir unschlagbar sein. Vielleicht können wir unser kleines Spielchen das nächste Mal ein wenig ausbauen. Darf ich dir, ich denke, das „Sie" können wir jetzt weglassen, etwas zu trinken anbieten, du hast sicher eine trockene Kehle."

„Es wird kein nächstes Mal geben", antwortete Kathi, ohne zu überlegen,"Ich, für meinen Teil, habe die getroffene Vereinbarung eingehalten und dieses hochnotpeinliche Rollenspiel mitgemacht. Jetzt gehe ich davon aus, dass sie das Gleiche tun, guten Tag, ich hab noch einiges zu tun." Ohne eine Antwort abzuwarten, verließ Kathi den Raum durch eine Seitentür. Professor Bernhard blieb einigermaßen verdutzt zurück, um sich jedoch rasch wieder zu sammeln und dann vor sich hinzumurmeln:"Das werden wir schon noch sehen, du kleine, geile Möse."

*33
„Herzlich willkommen, liebe werdende Muttis und, soweit vorhanden, Papas. Ich freue mich ganz besonders, mich gemeinsam mit ihnen auf die Geburt ihres kleinen Goldschatzes vorzubereiten. Mein Anliegen ist es, sämtliche Phasen der Schwangerschaft...", Eva wäre am liebsten sofort wieder aufgestanden und „papalos" aus dem Geburtsvorbereitungskurs abgezischt. Einzig und allein die Liebe zu ihrem Baby und das Gefühl, möglicherweise lebenswichtige Informationen zu versäumen, ließen sie auf der grünen Gymnastikmatte im umfunktionierten Turnsaal der physikalischen Medizin sitzenbleiben. Noch nie zuvor hatte sie sich so alleine gefühlt, wie zwischen diesen entrückt einer glücklichen Familienzukunft entgegen lächelnden Babyzeitschrifteneltern. Eva hatte lange hin und her überlegt, ob sie sich das wirklich antun sollte und die mitleidigen Blicke der Umgebung schienen ihre schlimmsten Befürchtungen wahr werden zu lassen. Der neben Eva verkrampft sitzende Manager im grauen Einreiher blickte kurz von seinem smartphone auf und scannte in Sekundenbruchteilen diese zarte, einsame, vermutlich im Rahmen eines one-night-stands geschwängerte Frau. Da seine Neugierde jedoch rasch nachließ, klinkte er sich nach wenigen Augenblicken aus seiner Umwelt aus, um sich für den Rest der Stunde umfassenden Korrespondenzen mit seinen Geschäftspartnern und den neuesten Börsen-Indizes zu widmen. Seine wunderhübsche, südamerikanisch wirkende Freundin schmiegte sich zutraulich an seine Seite und versuchte mit ihren marginalen Deutschkenntnissen zumindest der lebhaften Körpersprache der vortragenden Hebamme zu folgen.

Während die farbenfroh gekleidete Geburtshelferin ihr Begrüßungsritual mit einer Vorstellung ihrerseits fortsetzte, die Wichtigkeit entsprechender Vorbereitungskurse und Informationsveranstaltungen betonte und die bevorstehenden, gravierenden Lebens- und Körperveränderungen in Erinnerung brachte, entdeckte Eva ein bekanntes Gesicht in der versammelten Runde. Ein ehemaliger Turnusarzt ihrer Station, dessen Namen ihr auf der Zunge lag, saß an der Seite seiner hochschwangeren, blonden Frau vis-a-vis und lauschte mit höchster Konzentration dem bis dato eher nebulösen Vortrag. Eva hatte den smarten Sunny-boy in lebhafter Erinnerung, die Hälfte ihrer Schwesternmannschaft hatte sich in seinen Knackarsch verliebt, seine locker-flockigen Anmachsprüche kichernd auf sich bezogen und ihm schöne Augen gemacht. Eine der Schwestern hatte ihm glühende Liebesbriefe geschrieben und war in untröstlichen Liebeskummer verfallen, als er an die nächste Abteilung weiterrotierte. Eva hingegen war froh gewesen, als mit seinem Abgang wieder Ruhe an der Station eingekehrt war. Offensichtlich war ihm die Erinnerung an seine Vergangenheit vor der Mutter seines ungeborenen Kindes unangenehm, sodass er Eva grußlos ignorierte.

Sei es drum, Eva versuchte energieraubende Gedanken beiseite zu schieben und sich auf den Zweck ihres Kommens zu konzentrieren, ließ sich vom trägen Fluss des Kurses forttragen. Die Hebamme war gerade dabei, die hochmodernen Vorteile des Spitals hervorzustreichen, die Möglichkeit eines sofortigen Kaiserschnittes bei auftretenden Problemen, die Anwesenheit eines perfekt funktionierenden Notfallsteams, entsprechende

Intensivstationen, im Falle des Falles. Als hätte er nur auf sein Stichwort gewartet, sprang ein barfüßiger, in weite, grobe Jutehosen und „Legalize"-T-Shirt gekleideter Öko von seinem Platz und nahm energisch das Ruder der Veranstaltung in seine naturbelassenen Hände. Mit überbordendem Selbstbewusstsein überspielte er das beeindruckende Lispeln seiner Aussprache:"Dasss issst allesss sssowasss von unlocker, bla, bla, bla, vielleicht sssollten wir einmal auf die wirklich wichtigen Fragen kommen, die Fragen, die unsss unter den Nägeln brennen, statt unsss diesesss sssinnlosse Geplapper anhören zzzu müsssen."

Die abrupt abgewürgte Hebamme benötigte einige konsternierte Schrecksekunden um sich zu sammeln, bevor sie den unerwarteten, brutalen Angriff zu parieren versuchte:"Wenn mein Vortrag für sie so unerträglich langweilig ist, würde ich sie darum bitten, mir ihre akut unter den Nägeln brennenden Themen vorzubringen." Der Angesprochene nahm den zugeworfenen Fehdehandschuh mit Wonne entgegen und rückte seinen überdimensionierten Beanie über seine in alle Himmelsrichtungen wuchernden Dreadlocks zurecht, um einen sich überschlagenden, theaterreifen Monolog anzustimmen:"Zzzunächssst issst esss mir ganzzz wichtig fessstzzzustellen, daßßß wir unsss nicht dem Diktat der Schulmedizzzin beugen werden, ganzzz sssicher wird unssser Baby keine Vitamin K-Tropfen bekommen. Außßßerdem verweigern wir jegliche schul-medizzzinische Medikamente, alsss einzzzigesss tolerieren wir homöopathisssche Globuli und Ayurveda Medizzzin. Besssondersss wichtig issst mir, ähm unsss, daßßß wir während der Geburt mit Räucherssstäbchen

Ssshiva keine Möglichkeit geben, vom Geissst unssserer kleinen Rajani Besssitzzz zzzu ergreifen." Den Arm ihres indischen Kriegers Ashoka umklammernd, kauerte seine mitfiebernde Freundin, die der jungen Janis Joplin zum Verwechseln ähnlich sah, an seiner Seite. Jeder im Raum konnte sehen, wie schwer es ihr fiel, sich zurückzuhalten, bis sie irgendwann die Kontrolle verlor und den Monolog unterbrach:"Und überhaupt, das Allerwichtigste ist, dass wir uns für eine Lotusgeburt entschieden haben. Niemand wird das Band, das unser kleines Mädchen mit dem Mutterkuchen verbindet, durchtrennen, die gemeinsame Aura mutwillig zerstören und unserem kleinen Lotusbaby unvorstellbare Phantomschmerzen zufügen. Die Plazenta bleibt dran, bis sie von alleine zu Gehen bereit ist! Außerdem möchten wir den Mutterkuchen im Rahmen eines Friedensfestes in unserem Garten vergraben und einen Feigenbaum darüber pflanzen. Übrigens sind alle dazu herzlich eingeladen."

Die Verständnis heuchelnde Hebamme versuchte, das Heft der laufenden Veranstaltung wieder in ihre erfahrenen Hände zu bekommen, indem sie beschwichtigend antwortete: "Ich kann ihre Sorgen und Bedürfnisse absolut nachvollziehen und kann ihnen versichern, dass ihre betreuende Hebamme auf
 all ihre Wünsche verständnisvoll eingehen wird. Ich würde trotzdem gerne chronologisch mit dem Verlauf der Schwangerschaft fortsetzen und später auf individuelle Fragen eingehen." Sie hatte allerdings nicht mit der bedingungslosen Beharrlichkeit des jungen Mannes gerechnet, der ungehemmt seinen Redefluss beibehielt:"Ich laßßß mich jetzzzt aber sssicher nicht

abwürgen, mir die Ssssprache verbieten. Ich denke, es issst mehr alsss legitim, meine, ähm unsere, Bedenken gegen eine Bevormundung einer allesss überrollenden Schulmedizzzin vorzubringen." Die Wangen des aufgebrachten Mannes waren kräftig gerötet und drohten aufzuglühen, als die Geburtshelferin schnoddrig erwiderte:" Es steht ihnen völlig frei, sich für ein anderes Spital zu entscheiden. Ich kann ihnen gerne eine Liste sämtlicher alternativer Geburtshäuser Wiens zzzukommen lasssen." Geradezu in Notwehr hatte sie den Sprachfehler ihres Kontrahenten imitiert und im gleichen Moment gewusst, dass sie einen schweren, irreparablen Fehler begangen hatte.

„Dasss issst ja wirklich die Höhe, sssich über dasss Handicap einesss besssorgten Vatersss zu mokieren. Diesssse unfaßßßbare Arroganzzz, mit der die Schulmedizzzin permanent agiert, kotzzzt mich sssowas von an. Ich könnte echt auf diesssse Scheißßß-Matte speiben, ssso sssehr widert mich diesssse Tusssi an. Aber ich werde dasss nicht auf mir sssitzzzen lasssen, auf derartig üble Art und Weisssse behandelt zzzu werden. Gleich morgen gehen wir unsss beim ärzzztlichen Direktor beschweren, sssie können sich echt auf etwasss gefaßßßt machen, sssie Faschisssstin." Es war der Moment, in dem die Veranstaltung vollends aus dem Ruder geriet. Einer der anwesenden Vätern nahm seine Angebetete fürsorglich am Arm, tätschelte ihr Handgelenk und sprach eindrücklich, wie zu einer geistig Minderbemittelten:"Komm, mein süßes Schatzi-Putzi, das tut dir nicht gut, und unserem kleinen Bärli schon gar nicht. Lass uns gehen, ich hab dir doch gleich gesagt, dass wir in der Privatklinik entbinden sollten. Dort bleiben einem zumindest solche Proleten und Pöbeleien erspart." „Du hast ja so was von Recht, mein Schnucki-Putz", schnurrte die Umsorgte und zog hüftewackelnd mit ihrem Göttergatten von dannen. Die unversehens in Tränen ausgebrochene Hebamme erklärte den Vorbereitungskurs kurzerhand für beendet, zog ihren orangefarbenen Kaschmirschal abschirmend über den Kopf und verließ fluchtartig den Saal.

Eva hingegen rollte nachdenklich ihre Matte zusammen, legte sie auf den Stapel der anderen und verließ heiter gestimmt den Ort des Grauens. Vielleicht hatte sie sich etwas vorgemacht, war es gar nicht so schlimm, ein Kind ohne den dazugehörigen Vater aufzuziehen. Mit Sicherheit konnte sie auf gerade erlebte Dialoge verzichten, immerhin ersparte sie sich einiges. Zum ersten Mal realisierte sie, dass sie es auch alleine schaffen würde und dieses Wissen erfüllte sie mit einem unbeschreiblichen Gefühl der Stärke.

*34
„Frau Doktor Goldblum, der Fall Jovanovic hat eine überraschende, wahnsinnig unerfreuliche Wendung genommen. Es scheint so, dass nun auch die Polizei zu ermitteln beginnt und lästige Fragen stellt. Wir müssen damit rechnen, dass zermürbende Verhöre bevorstehen, sodass wir die gemeinsame Vorgangsweise, aber auch die Argumente aufeinander abstimmen sollten. Ich muss sie dringend ersuchen, heute nachmittag, um fünfzehn Uhr, in meine Dachterrassenwohnung, Maria Theresia-Kai siebenundzwanzig, zu kommen, wo wir gemeinsam mit meinem Anwalt Doktor Freisacher, einem alten, erfahrenen Haudegen, dem wir durch und durch vertrauen können, das weitere Procedere festlegen."Um die Nachricht zu löschen, drücken sie die Sterntaste, um die Person anzurufen, drücken sie die Rautetaste, um die Nachricht zu speichern.....

Primar Bernhard war absolut sicher, dass Kathi Goldblum unter anderen Umständen niemals in seine Privatwohnung gekommen wäre, sodass er eine kleine Finte anwendete, von der er überzeugt war, dass sie zum Ziel führen würde. Er behielt Recht. Kathi läutete pünktlich an der videounterstützten Gegensprechanlage und betrat zögerlich den protzig eingerichteten Dachterrassentraum, vom offenen, bereits lodernden Kamin, über ein loft-artiges Ambiente mit kostspieliger, aber geschmackloser Einrichtung und grell farbenen, modernen Gemälden, bis zu einer fantastischen Terrasse mit whirlpool und beeindruckendem Ausblick über Wien. Ein scheinbar bestens gelaunter Professor empfing sie mit den Worten:"Herzlich willkommen, Frau Doktor, ganz nett hier, nicht wahr?" Kathi hatte momentan keinerlei Sinn für interior design, außerdem würde sie mit Sicherheit nicht die kleine, staunende Assistenzärztin geben, sodass sie auf den Grund ihres Kommens fokussierte und nach Doktor Freisacher fragte. „Es tut mir fürchterlich leid, der Herr Doktor Freisacher, hat mich gerade angerufen, er verspätet sich um wenige Minuten und lässt sich tausendmal entschuldigen. Aber vielleicht nehmen sie, entschuldige du, in der Zwischenzeit Platz. Wie wärs mit einem Cappuccino, hab mir gerade eine neue Kaffeemaschine aus Italien geleistet, wirklich exquisit." Nach kurzem Zögern fand Kathi, dass sie vielleicht doch eine Kaffee gebrauchen könnte und setzte sich auf die riesige Leder-Couch.

Der Professor gab sich größte Mühe mit der neuen Maschine, deren Eigenleben er noch nicht ganz durchblickte. Schließlich gelang es ihm, das georderte Getränk zu brauen, nicht ohne zuvor mit schneller Handbewegung eine mittelhohe Dosis Gammahydroxybutyrat beizumischen. Das gute alte Liquid ecstasy, er liebte dieses Zeugs, mehrfach hatte es sich schon als guter Gefährte erwiesen. Er reichte Kathi die stylische Kaffeetasse und nahm mit ausreichendem Sicherheitsabstand auf der Couch Platz, nicht ohne sich nochmals für ihr promptes Kommen zu bedanken und mittels schwachsinnigem small talk das Eintreten der gewünschten Wirkung abzuwarten.

Diese trat um einiges früher ein als erwartet. Kathi brachte nur mehr ein kurzes „Scheiße, was haben sie mir da in meinen Kaffee gemischt?" hervor, um unmittelbar darauf den gerade zuvor hinuntergeschlungenen Kebap auf den edlen Perserteppich zu erbrechen. Mit einem Mal verwandelte sich das gerade noch zuvorkommend lächelnde Gesicht des Vorgesetzten in eine bösartige, geile Fratze, die ihr ein kurzes,"Scheißfotze, das wirst du noch bereuen, den Teppich meiner Großmutter vollzukotzen, na warte, dir werd ichs geben…", mehr konnte Kathi nicht mehr verstehen, die Worte verschwammen zu einer unverständlichen Buchstabensuppe. Mit letzter Kraft realisierte Kathi den Ernst der Situation und wollte sich, so schnell sie konnte, davonmachen, woran sie ein rasch stärker werdender Schwindel hinderte. Außerdem musste sie entsetzt feststellen, dass ihre Beine nicht mehr gehorchten und der pfeifende Signalton einer nahenden Dampflokomotive ihren Kopf in Beschlag nahm. Den Bruchteil einer Sekunde später, sank sie sang und klanglos in sich zusammen, um im zuvor Erbrochenen bewusstlos zum Liegen zu kommen.

Das war die Stunde von Professor Max Bernhard. Endlich hatte er die widerspenstige, junge Ärztin dort, wo er sie haben wollte und wo sie in Wirklichkeit hingehörte, willenlos im eigenen Erbrochenen, seinen weiteren Vorstellungen wehrlos ausgeliefert. Nachdem er alles genauso geplant hatte, wie es nun eingetreten war, wollte er sich nun alle Zeit der Welt lassen und jeden gemeinsamen Moment in vollen Zügen genießen. Zunächst zog er mit seiner goldenen Kreditkarte zwei fette Lines Kokain, die er mittels eingerolltem Fünfhundert-Euro-Schein, der nur zu diesem Zweck bereitlag, tief zwischen seine Nasenmuscheln sog. Euphorisiert und in höchstem Maße sexuell erregt, öffnete er noch rasch eine Magnumflasche teuersten Champagner, die er rechtzeitig eingekühlt hatte, um sich noch einen ausgiebigen Schluck zu gönnen, bevor das Fest beginnen konnte.

Mit aller gebotenen Vorsicht trug er Kathi auf sein mit einem frischen Satinlaken bezogenes Riesendoppelbett, seine Spielwiese, ausgestattet mit allen sextoys, die man sich nur vorstellen konnte. Kurz fiel sein Blick auf die am Nachtkästchen stehende goldgerahmte Fotografie seiner leider viel zu früh verstorbenen Frau Mama. Die allseits geachtete Frau Ministerialrat aus der besten Wiener Gesellschaft, standesgemäß gekleidet in gestärkter Seidenbluse, eine prachtvolle Perlenkette um den schlanken Hals und mit eleganter Hochsteckfrisur blickte sie mit unbarmherzig strengem Blick auf das nichtsnutzige Gesindel, das sie lästigerweise permanent umgab und dessen Anblick ihr nicht erspart blieb. Kurzerhand drehte der von seiner Mama stets beim vollen Namen gerufene Maximilian das Bild zur Wand, um seiner Mutter den weiteren Anblick zu ersparen, aber auch, weil er sich irgendwie beobachtet gefühlt hätte. Beinahe liebevoll sprach er, „Das ist nichts für dich, Mama", bevor er sich wieder Kathi widmete. Sorgsam darauf bedacht, keine Knöpfe oder sonstiges abzureißen, entkleidete er die junge Frau. Zu seiner Überraschung stellte er fest, dass Kathi keinerlei Unterwäsche am Leib trug, was seine Erregung ins schier Unermessliche trieb. „Du kleines geiles Biest, hast dich wohl schön gemacht für mich?"

Nackt, wie Gott sie schuf, lag die bewusstlose Ärztin zu seinen Füßen; ebenso nackt, mit erigiertem Penis, stand er über ihr und hielt den knabenhaft zarten und trotzdem weiblichen Körper mittels Handys fest, fotografierte die perfekt geformten Brüste, den knackigen Po, und schließlich mit gespreizten Beinen ihre glattrasierte Vagina. Er konnte sich nicht mehr zurückhalten und begann zu masturbieren, betörte sich am blumigen Geruch ihres jungen Körpers, beschnüffelte ihre Scheide, um sie kurz darauf ausgiebig zu lecken, keine Minute später spritzte er das erste Mal ab. „Nun mal langsam, du kleiner, böser Max", versuchte er sich zu bremsen, nahm eine zweite Dosis Kokain und eine kleine, blaue, potenzfördernde Tablette mit eigenwilliger Formgebung zu sich.

Der Reihe nach fickte er, gleitgelunterstützt, jede Körperöffnung, die er an Frau Doktor Goldblum finden konnte, sorgsam darauf achtend, keine Verletzungen und schon gar kein Sperma auf oder in ihr zurückzulassen, man konnte ja nie wissen. Immer wieder hielt er inne, um denkwürdige Posen mittels Handykamera festzuhalten. Max in Kathis Muschi, Anus, Mund, und als seine Potenz trotz pharmakologischer Unterstützung nachzulassen begann, stieg er auf seine repräsentative Dildosammlung um, seine Phantasie im Ausdenken neuer Variationen war schier unbegrenzt. Diese Bilder würden definitiv einen Ehrenplatz in seinem privaten, virtuellen „Poesiealbum" erhalten, ganz bestimmt würde er damit auch weiterhin viel Freude haben.

Nachdem sich der allseits verehrte und angesehene Professor über mehrere Stunden ausreichend ausgetobt hatte, beschloss er, wie sonst auch, seine Geliebte zu markieren. Er liebte die Vorstellung, dass die Frauen seines Poesiealbums fortan mit einem wohlplatzierten Branding lebten, ohne auch nur den Funken einer

Ahnung zu haben, woher diese Verzierung rührte. Aus dem offenen Kamin holte er einen glühenden Holzscheit, den er ohne jegliches Zögern in Kathis rechte Pobacke brannte. Das Zischen und der Geruch des verbrannten Fleisches wurden lediglich mit einem kurzen Grunzen der bewusstlosen Kathi beantwortet.

Nach Abwarten einer ausreichend langen Zeit, um einen Nachweis der verabreichten Substanz zu verschleiern, weckte er Kathi, nachdem er sie zuvor wieder angekleidet und aufs Sofa getragen hatte. Völlig verwirrt und ohne jegliche Erinnerung versuchte Kathi die überall im Zimmer herumlaufenden rosa Kaninchen, die sie ständig zu beißen versuchten, zu vertreiben. Gleichzeitig war sie geblendet von der Leuchtkraft der sie umgebenden Farben und Lichter, sie musste nachgerade ihre Augen bedecken, um nicht zu erblinden. Sie war ihrem Chef, oder wer auch immer dieser Mann war, äußerst dankbar, dass sie sich bei ihm einhaken konnte und er den Heimtransport in seine beschützenden Hände nahm. Als sie zu Hause eintraf, bedankte sie sich mehrfach für den netten Abend und das Nachhausebringen, ohne wirklich zu wissen, was sie da vor sich hinbrabbelte. Nach mehrfach missglückten Versuchen, ihre Wohnungstüre aufzusperren, gelang es ihr schließlich doch. Unsicher wackelte sie ihrem Himmelbett entgegen. Bevor sie es jedoch erreichen konnte, stürzte sie über das als Bettvorleger am Boden ausgebreitete Ziegenfell, auf dem sie sofort und völlig erschöpft wegschlief.

*35
Alfred hatte sich entschieden. Er wusste, dass es so nicht weitergehen konnte und hatte, von einem Moment auf den anderen, die Reißleine gezogen. Erschöpft, als hätte er drei Nachtdienste hintereinander gemacht, aber zugleich entspannt, wie schon lange nicht, lümmelte er in seinem Schaukelstuhl. Auf zahlreichen Katzenfell-bezogenen Pölstern kauernd und mit einer flauschigen Überdecke zugedeckt, genoss er Mozarts Klavierkonzerte und schlürfte zwischendurch mit Wasser verdünnten Zwetschkensaft. Zum ersten Mal seit langem war er ein kleines bisschen stolz auf sich. Mit einem einzigen, kraftvollen Säbelschlag hatte er sein wertloses Leben hinter sich gelassen und war fest dazu entschlossen, zu neuen, spannenden Ufern aufzubrechen.

Nachdem ihn Sonja verlassen hatte, wurde er von einem tiefen, schwarzen Loch verschlungen, ein Loch, von dem viele sprachen, aber nur die wenigsten hatten die gleichen Tiefen wie Alfred erreicht. Seine Existenz wurde zu einem einzigen Überlebenskampf, den er mehrmals zu verlieren meinte. Das einzige Mittel, die umgebende, bedrohliche Finsternis notdürftig zu erhellen, erschien ihm der Konsum gewaltiger Mengen von Alkohol. Wochenlang betrank er sich, als gäbe es kein Morgen. Sein tägliches Quantum lag zwischenzeitlich bei zwei Flaschen Wodka, mit denen er seine innere Leere aufzufüllen trachtete. Genauso wie seine winzige Eigentumswohnung verdreckte, kümmerte er sich keinen Deut um die eigene Hygiene. Rasierpinsel, Deo und Zahnputzbecher waren inzwischen mit dicken, schwarzen Krusten am Waschbecken festgewachsen. Zur Arbeit ging er nur mehr ausnahmsweise, wobei er im Erfinden

von vorgeschobener Ausreden außergewöhnlichen
Erfindungsreichtum zeigte: immer wieder musste seine
imaginäre, im letzten Krebsstadium befindliche,
taubstumme, einsam in Ungarn lebende Pflegemutter
herhalten, dann folgte wiederum eine der mehrfachen
Korrekturoperationen einer verpfuschten Hüftgelenks-
implantation seiner Siamkatze oder eine aus heiterem
Himmel auftretende Drehschwindelattacke
verunmöglichte ein Kommen.

Wenn sich Oberarzt Birnbacher im Spital aufhielt, wusste
er sich in seinem Dienstzimmer zu verstecken, wo er mit
hastigen Schlücken die vorbereitete, hochprozentig
gefüllte Thermoskanne leerte und für niemanden
erreichbar war. Konfrontationen ging er mit einigem
Geschick aus dem Weg, fachliche Anfragen negierte er
kaltblütig, und wenn es wirklich eng wurde,
verabschiedete er sich in einen neuerlichen, aber leider
unvermeidbaren Krankenstand. Mit der Zeit war der
Trennungsschmerz verblasst und eine noch schlimmere
Sinn- und Lebensleere hatte den freiwerdenden Platz
eingenommen, hatte ihn zur Gänze in Besitz genommen.
Völlig zurückgezogen in seinen eigenen vier Wänden,
war er für die wenigen, die es noch versuchten,
unerreichbar und verfing sich ausweglos in seiner ständig
betäubten Duselwelt. In ausufernden Selbstgesprächen
versuchte er die übermäßig vorhandene Zeit zu füllen,
indem er emotionale Vorträge über die vermeintlich von
Sartre postulierte Sinnlosigkeit der Existenz an ein
imaginäres Publikum richtete. Mehr als nur ein
Gedankenspiel, war die Auseinandersetzung mit einer
vorzeitigen Beendigung seines somit sinnfreien Daseins,
sich dieses lästigen Gewichts zu entledigen, schien ihm

eine gangbare Alternative, einzig die dazu aufzubringende Energie schien unerreichbar.
Bis zum heutigen Nachtdienst, zu dem er sich trotz heftigem, inneren Widerstand durchgerungen hatte. Trotz seines desolaten Zustandes konnte er noch immer auf eine jahrzehntelange, medizinische Erfahrung zurückgreifen, mit deren Hilfe er einen Großteil der an ihn, im Rahmen des Dienstes, herangetragenen Fragestellungen lösen konnte. Bis zu dem Zeitpunkt, als um zwei Uhr früh ein fünfzigjähriger, schwer alkoholkranker Patient mit Leberzirrhose und ösophagusvarizenbedingtem, blutigen Erbrechen im Schwall in die interne Ambulanz kam und ein verzweifelter, persischer Turnusarzt den Notfallsfunk auslöste. Alfred hatte sich gerade zu Bett begeben, nachdem er als Gute-Nacht-Trunk eine kleine Flasche Inländerrum mit einem Zug geleert hatte. Behäbig und nur mit der allergrößten Willensanstrengung rappelte er sich auf, völlig zerknautscht mit in alle Richtungen stehenden Haarfedern scheiterte er am Zuknöpfen seines Hemdes, um es kurzerhand in seine Hose zu raffen und in die Ambulanz zu torkeln.

Dort angekommen, bot sich ihm ein Bild des Grauens. Riesige Blut-Pizzen bedeckten Boden und anschließende Wandschränke. Ein leichenblasser Mann mit schwindendem Bewusstsein lag in der Mitte seiner an Hermann Nitsch erinnernden Blutlache. Eine völlig aufgelöste Ambulanzschwester Gabi empfing den Oberarzt kreischend und ohne Rücksicht auf Alfreds Lärmempfindlichkeit:" Endlich, Doktor Birnbacher, Scheiße, sie müssen etwas tun, der stirbt uns."

Alfred versuchte seine Gedanken zu sortieren, um die aus dem Ufer geratene Situation, so gut er eben konnte, zu beruhigen. Dies kostete ihn eine geradezu unmenschliche Anstrengung, nur mit allergrößter Mühe konnte er die nötigen Schritte in die Wege leiten. „Doktor Ansari, venöser Zugang, und dann schütten sie alles, was sie finden, in den Patienten." Nach dieser essentiellen Weisung richtete er die folgenden Worte an Schwester Gabi:" Schwester Gabi, wo haben wir die Sengstaken-sonde ?" Die erfahrene Ambulanzschwester hatte die geforderte Sonde natürlich längst bereit gehalten und reichte sie dem Oberarzt.

Alfred, der in seinem Leben schon hunderte solcher Sonden gelegt hatte, spürte im gleichen Moment, dass ihm die Kontrolle der chaotischen Situation zur Gänze aus den Händen glitt. Dicke Schweißperlen traten auf seine Stirn, perlten über sein Gesicht und verschleierten seine Sicht, sein notdürftig angezogenes Hemd war innerhalb kürzester Zeit von riesigen Schweißflecken durchtränkt. Ein unbeherrschbares, grobschlägiges Zittern nahm Besitz von seinen Händen und verunmöglichte das Setzen der lebensrettenden Sonde. Völlig verzweifelt setzte Alfred immer und immer wieder an, um die dicke Sonde in die Nase des sterbenden Patienten vorzuschieben, womit er jedes Mal aufs Neue scheiterte. Wie aus einer Art Überwachungskamera beobachtete er sich selbst, konnte kaum glauben, was er da sah. Ein völlig kaputter, inkompetenter Arzt scheiterte an einem banalen Rettungsversuch. Mit einem Mal befand er sich in einem nackten Überlebenskampf, indem er verzweifelt nach einer letzten Möglichkeit suchte, das Leben dieses Mannes zu retten. Alles rundherum wurde ausgeblendet, die vorher hektische Betriebsamkeit wich einer völligen Stille, in der sich seine gesamte Aufmerksamkeit auf den inzwischen zunehmend bläulich durchschimmernden, leblosen Patienten fokussierte. Gleich einem verfolgten, zu Tode erschöpften Tier suchte Alfred nach einer allerletzten Rettungschance.

In diesem Moment fiel sein Blick auf den auf der Untersuchungsliege stehenden Desinfektionsalkohol. Ohne zu zögern, griff er nach dem vermeintlich letzten Rettungsanker, nahm kurzentschlossen einen kräftigen Schluck aus der dickbauchigen, braunen Glasflasche. Ein brennender Feuerschwall suchte und fand seinen Weg entlang Alfreds Magenschleimhaut und nach einer kurzen Erholungspause erlangte er wieder die Kontrolle über seine Hände, legte mit letzter Kraft die lebensrettende Sonde und begleitete den Patienten zur weiteren Therapie auf die Intensivstation. Schwester Gabi hatte das Ganze mit weit offenen Augen und noch weiterem Mund verfolgt und schien mit ihren Nerven völlig am Ende, als sie am Boden kauernd, unkontrolliert zu schluchzen begann.

Alfred hingegen fing am nächsten Morgen Professor Bernhard im Eingangsbereich des Krankenhauses ab, um dem völlig perplexen Vorgesetzten mit sofortiger Wirkung seine Kündigung bekannt zu geben. Als er, in kurzen Worten, seinen Entschluss mitteilte, Auge in Auge mit dem honorigen Primar, erkannte er mit einem Mal den widerwärtigen Geruch des After-Shaves, den er damals an Sonja wahrgenommen hatte. Sei es drum, das änderte nun auch nichts mehr, die Würfel waren gefallen. Mit einer ins Unermessliche wachsenden Erleichterung stieg er in die davon brausende U-Bahn und nahm auf Nimmerwiedersehen Abschied von seiner bisherigen medizinischen Wirkungsstätte. In der vor ihm liegenden Glasfront, sah er in der Spiegelfläche das zurückliegende Spital kleiner und kleiner werden, um es schließlich ganz aus den Augen zu verlieren.

Nun saß er da, im uralten Schaukelstuhl seiner Großmutter, langsam vor und zurück wippend. Mit zunehmender Klarheit wurde die Idee in seinem Kopf konkreter. Er würde sich eine längere Auszeit nehmen und die Reise machen, die er sich schon seit Ewigkeiten ausgemalt hatte. Insel-hopping in Thailand, frei und ungebunden, ohne einen Tropfen Alkohol, und vielleicht würde er wirklich den Roman beginnen, der ihm seit Jahren im Kopf herumspukte. Bereits in der nächsten Woche würde er den Flug buchen, wenn er den zu erwartenden Entzug einigermaßen überstanden hatte.
Ja, es hatte lange gedauert, aber er hatte seinen Frieden gefunden, mit sich und der Welt, war gespannt, was noch folgte und konnte es kaum erwarten.

*36
„Kathi, ich mach mir echte Sorgen um dich!" Mit diesen Worten hatte Stationsschwester Eva Kathi ihre Hilfe geradezu aufgedrängt, nachdem diese seit zwei Wochen ständig blasser wurde und ihre Augenringe inzwischen canyonartige Ausmaße annahmen. Außerdem war Frau Doktor Goldblum in der letzten Zeit während der Visiten lediglich physisch anwesend, während ihr Geist einen offensichtlich gänzlich anderen Arbeitsplatz hatte. Völlig neben sich stehend verwechselte sie Patienten, Dosierungen und nötige Untersuchungen, sodass Eva wie eine Haftelmacherin aufpassen musste, um die permanent auftretenden Fehler, vom Rest der Mannschaft möglichst unbemerkt, zu korrigieren. „Frau Doktor, sie meinen doch sicher Frau Gruber, die zum Herzultraschall muss? Doktor Goldblum, sollten wir die entwässernden Medikamente nicht höher dosieren? Liebe Frau Doktor, der Herr Primar hat gestern auf einem Röntgen bestanden, sollten wirs nicht anmelden?" So oder so ähnlich ging es den ganzen Vormittag, doch Kathi schien das ganze Stationsgeschehen einerlei zu sein. Nachdem sie in den letzten Tagen jedoch noch fahriger und verschlossener geworden war, wagte Eva den ersten Schritt und lud sie zu sich in ihre kleine Dienstwohnung ein, um sich ein Bild zu machen und der völlig desolaten Doktor Goldblum wieder auf die Beine zu helfen.

Und nun saß sie da, Doktor Katharina Goldblum, sonst vor Energie strotzend, im Spitalsalltag blitzschnell mitdenkend, für jeden Patienten ein aufmunterndes Wort auf den Lippen, verwandelt zu einem blassen Schatten ihrerselbst, zusammengekrümmt und verstockt schweigend, zugedeckt mit einer gehäkelten Überdecke, auf dem Blümchensofa von Schwester Eva. Diese hatte keine Ahnung, wie sie die Mauer des Schweigens durchbrechen könnte, und beschloss kurzerhand einen dicken Joint zu drehen, ein Entspannungstrick, der bei ihr seit der Schwesternschule wunderbar funktionierte. Nachdem Kathi mehrere Züge inhaliert hatte und sich eine angenehm, weiche Kaschmirdecke über die kleine Garconniere legte, unter der sich Kathi langsam wohlzufühlen begann, stellte Eva die unvermeidlichen Fragen:„Und jetzt raus damit, was ist los mit dir? Ist Tom zurückgekommen und hat dich gleich wieder verlassen? Gehts deiner Mama schlecht? Oder wächst dir die Jovanovic Geschichte über den Kopf?" Kathi zog zwei kräftige Züge aus dem liebevoll gebauten Ofen, bevor sie mit einer verwaschenen Antwort herausrückte:"Es wird mir alles zu viel, ich hab das Gefühl, dass ich mein Leben nicht mehr auf die Reihe kriege. Die ständige Belastung im Job, die Verantwortung, die Nachtdienste, ich pack das alles nicht mehr, und jetzt auch noch das Gerichtsverfahren wegen der Frau Jovanovic, ich glaub nicht, dass ich das nervlich überstehe. Überhaupt denke ich mir manchmal, vielleicht würde sie wirklich noch leben, wenn ich das Scheiß-Röntgen gemacht hätte. Ich mach mir solche Vorwürfe wegen der ganzen Sache, bin ich Schuld an ihrem Tod, hab ich sie auf dem Gewissen, manchmal möcht` ich alles hinschmeißen und einfach abhauen."

Eva versuchte mit tröstenden Worten möglichst beruhigend einzuwirken, merkte jedoch rasch, dass sie mit Worten nicht all zu weit kam und umschloss Kathi mit ihren Armen, um ihr sichernden Halt zu geben. Nach einigem Zuwarten, begann sie langsam wieder zu sprechen:"Arme Kathi, ich beneid dich echt nicht um deine Situation. Aber du kannst mir eines glauben, wenn alles vorbei ist und damit meine ich, nach einem Freispruch vor Gericht, wirst du gestärkt aus dem Ganzen hervorgehen und lächelnd zurückblicken. Frei nach dem Motto „Was uns nicht umbringt, macht uns stärker", oder so ähnlich. Außerdem musst du den Kampf ja nicht alleine führen, du hast dir doch sicher einen guten Rechtsanwalt besorgt, der dir unter die Arme greift; und Professor Bernhard wird, im eigenen Interesse, auch alles daran setzen, dass sich alles schlussendlich in Wohlgefallen auflöst." Kaum hatte der Name Evas Mund verlassen, wusste sie, dass sie einen Fehler begangen hatte. Kathi wurde, kaum vorstellbar, noch einen Tick blasser und begann am ganzen Körper zu scheppern, nachdem sie sich zuvor schon einigermaßen beruhigt hatte.

„Hab ich etwas Falsches gesagt? Was ist mir dir, Kathi?", Kathi benötigte eine Weile, bis sie stockend antworten konnte:"Ich weiß auch nicht, aber große Hilfe ist mir der Primar sicher nicht. Er fällt mir eher in den Rücken, als, dass er hinter meinem Rücken steht, und dann noch dieser komische Filmriss…"
„Was für ein Filmriss, um Himmels Willen, wovon redest du?", war Eva jetzt in höchstem Maße alarmiert, dachte schon, dass Kathi jetzt endgültig übergeschnappt war.
„Ich kanns auch nicht sagen, kann mich schlicht und einfach nur mehr daran erinnern, wie ich vor zwei Wochen zu ihm nach Hause gefahren bin, um das gemeinsame Vorgehen in Bezug auf den Tod von Frau Jovanovic aufeinander abzustimmen, und dann aus, Schluss, fertig,...Als hätte jemand mit einer großen

Schere ein Stück meines Lebens herausgeschnitten. Keine Ahnung, was bis zum nächsten Tag passiert ist, ich weiß nur mehr, dass ich am Morgen darauf, mit fürchterlichen Kopfschmerzen, neben meinem Bett liegend, aufgewacht bin. Ich hab echt Angst, dass ich überschnappe, psychotisch werde, noch so ein Filmriss und du kannst mich in die Klapsmühle stecken."
„Hab ich das gerade richtig verstanden, du warst bei Professor Bernhard in der Wohnung, wolltest mit ihm die Sache Jovanovic durchgehen und hattest dann einen Filmriss, scheiße, was hat er mit dir gemacht? Hast du etwas getrunken?"

Kathi konnte es beim besten Willen nicht sagen, einzig an die Fahrt zum Kaiserin Elisabeth-Kai konnte sie sich entsinnen, dann komplette Sendepause. Ein völlig neuer Gedanke hingegen war für sie, dass die Erinnerungslücke mit Professor Bernhard in Verbindung stehen könnte. Sie hatte nicht im Entferntesten daran gedacht, hatte den Zusammenbruch auf ihre Überforderung zurückgeführt.
„Du meinst echt, dass er mir so was wie k.o. Tropfen eingeflößt hat? Das gibts doch nur in der Zeitung, und wozu?"
„Na, wozu wohl, ich bitte dich, Kathi, ich muss dich doch nicht an seine Blicke bei der Visite erinnern, Blicke, mit denen er dir die Kleider vom Leib reißt. Hast du irgendwelche Verletzungen bemerkt?"
„Hmm, im Intimbereich eigentlich nicht, aber ich muss mich irgendwo böse am Po verbrannt haben und kann mir einfach nicht erklären, wo das gewesen sein soll."

Eva fiel es wie Schuppen von den Augen, zu gut konnte sie sich an die perversen Sexualpraktiken ihres ehemaligen Liebhabers erinnern. Damals hatte sie es als nichtige Verschrobenheit abgetan, aber wenn sie ehrlich war, hatte er seinen Höhepunkt nur erreicht, wenn sie gefesselt unter ihm lag, er sie quälte und demütigte und sie um Gnade flehte, dieses perverse Arschloch hatte dazugelernt. Eva war inzwischen völlig sicher, dass Kathi betäubt, missbraucht und gebrandet wurde. Mit Sicherheit war er schlau genug gewesen, keine Spuren zu hinterlassen, den Nachweis der Substanzen zu verunmöglichen, verdammt, das sollte er bezahlen. Sie rückte näher an Kathi heran, nahm sie neuerlich beschützend in ihre Arme und streichelte ihr zärtlich übers Haar. Sanft sprach sie flüsternd auf das zusammen-gekauerte Häufchen Elend vor sich ein, mantraartig wiederholend:" Jetzt wird wieder alles gut, vertrau mir, Kathi, ich versprechs dir." In Gedanken hatte sie längst beschlossen, am nächsten Tag zur benachbarten Polizeidienststelle zu gehen, um das Sexualverbrechen ihres Primars anzuzeigen. Jetzt sollte er sie wirklich kennenlernen, nichts konnte sie bremsen, dieses Schwein seiner gerechten Strafe zuzuführen. Kathi hingegen fühlte sich zum ersten Mal seit langer Zeit geborgen in den fürsorglichen Armen ihrer Stationsschwester, ließ sich fallen, spürte die Atemzüge, den Herzschlag und die ausstrahlende Körperwärme ihrer Retterin. Nichts schien diesen Frieden stören zu können, sie fühlte sich einfach sicher und von einer großen Wärme umgeben, bevor sie leise schnarchend einschlief. Zum ersten Mal seit langer Zeit empfingen sie keine Alpträume, sondern schlicht und einfach ein tiefes, traumloses Etwas, das seine schützenden Flügel über sie breitete.

*37
Nachdem Eva auf leisen Sohlen zu Bett gegangen war, verlor sie am nächsten Morgen keine Zeit und nahm die junge Assistenzärztin nach einem kurzen Kaffee im Schlepptau auf die nächstgelegene Polizeiwachstube. Gegenüber vom Riesenrad bahnten sich die Beiden ihren Weg vom Ausgang der U-Bahnstation Praterstern über den spektakulären Vorplatz zum von Pflanzen überwachsenen Kommissariat, welches vom Schatten des benachbarten Denkmals von Admiral Wilhelm von Tegethoff bewacht wurde. Verlorene Seelen, die sich mit der Frage nach dem Sinn ihres Lebens schon lange nicht mehr herumschlugen, lungerten, Tetrapak um Tetrapak Tafelwein Rot hinunterspülend, herum; herumstreunende Hunde, die verzweifelt bellend nach ihren auf der Suche nach Drogen verschollenen Herrchen suchten; kurze, aufkeimende Schlägereien zwischen zahnlosen Obdachlosen, deren Fäuste ziellos durch die Luft trudelten und zumeist das eigene Gesicht trafen und verwahrloste, mit löchrigen Netzstrümpfen und knallengem Stretch-Mini bekleidete Prostituierte, die lechzend nach dem nächsten Schuss für zwanzig Euro zu allem bereit waren. Erbrochenes und Urinlacken umschiffend, den penetranten Friteusengeruch der bekannten Fastfoodkette ignorierend, gelangte Eva, die ihren Arm beschützend über die Schulter von Kathi legte, vor dem grün-weißen Polizei-Pavillon mit gläsernem Pyramidendach. Bevor sie an der Gegensprechanlage läuten konnte, wurde die Tür von innen aufgestoßen und zwei junge, dynamische Hüter des Gesetzes hetzten zu ihrem Einsatzwagen, um Recht und Ordnung in den Straßen der Leopoldstadt wiederherzustellen. Zögerlich betraten die Frauen die spartanisch eingerichtete

Wachstube und blieben vor dem mächtigen Tresen, der den Raum halbierte, stehen. Dahinter saß die diensthabende, in ihre Zeitung vertiefte Polizistin, die den begonnenen Artikel offensichtlich in Ruhe fertiglesen wollte, bevor sie die Hereinkommenden begrüßte und nach dem Grund ihres Kommens fragte. Eva brachte den Wunsch nach einer Anzeige mit äußerst pikantem Inhalt vor, worauf sie die Polizistin in ein Nebenzimmer führte, wo sie sich „eine Minute gedulden" sollten.

Sie sollten eine deutlich längere Möglichkeit erhalten, den kargen Vernehmungsraum ausgiebig zu studieren. Auf knarrenden Holzstühlen saßen sie an einem resopalbeschichteten Küchentisch, als einzig weiterer Einrichtungsgegenstand fand sich eine offene Buchenholzstellage, auf der sich verstaubte Aktenberge türmten. Die im letzten Jahrtausend lieblos ausgemalten Wände trugen als einzigen Schmuck ein rot-weiß-rot gerahmtes Portraitbild des amtierenden Polizeipräsidenten, eine, im übrigen, besonders vorteilhafte Aufnahme, da der Chef der Wiener Exekutive seitdem etwas aus den Fugen geraten war. Durch die löchrigen Gardinen des vergitterten Fensters drang nur wenig Licht aus dem engen Innenhof, sodass ein sogenannter Russenluster, der einer nackten Glühbirne entspricht, den Raum erhellen musste. „Da gehts uns im Spital ja richtig gut",war Evas zynischer Kommentar zum asketischen Interior, während sie dem Fortgang der Dinge harrten.

Nach einer guten Stunde intensiver Auseinandersetzung mit den hiesigen Begebenheiten wurde die mit einer Unzahl von vermissten Personen gepflasterte Tür energisch geöffnet und ein stämmiger Kommissar mit türkischen Wurzeln betrat den Raum. Ein akkurat gepflegter Schnauzbart zierte ein offenes, freundliches Gesicht, anstatt einer Uniform trug er unter einem sandfarbenen Jackett einen schwarzen Rollkragenpullover. Der vertrauenserweckende erste Eindruck wurde noch weiter von einer tief sonoren Stimme verstärkt, mit der er die Frauen ansprach: "Guten Tag, mein Name ist Kommissar Erdogan, zu allererst möchte ich mich für die entstandene Wartezeit entschuldigen, aber wir haben versucht, eine Kommissarin für die Einvernahme zu organisieren, da sie dann sicher offener sprechen könnten. Leider ist uns das nicht gelungen, sodass sie mit mir vorlieb nehmen müssen. Ich hoffe, das ist ok für sie?"

Eva nahm, nun zum wiederholten Mal, das Heft in die Hand, indem sie zustimmend nickte. Auf Nachfrage musste Kathi nochmals die ihr erinnerlichen Bruchstücke wiederholen, wobei der Kommissar konzentriert lauschte und kurze Notizen in seinen kleinen Schreibblock kritzelte. Als Kathi zum Ende ihrer knappen Darstellung kam, strich sich Komissar Erdogan stirnrunzelnd über seinen Schnauzer:" Liebe Frau Doktor Goldblum, verstehen sie mich bitte nicht falsch, aber ich kann auf einige Jahre Berufserfahrung zurückblicken. Zusammengefasst geben sie an, dass sie vor inzwischen gut zwei Wochen möglicherweise von Professor Bernhard sexuell missbraucht wurden, nachdem er sie mittels k.o. Tropfen außer Gefecht gesetzt hat. Für meine polizeilichen Ermittlungen ist die Suppe verdammt dünn, kein Nachweis betäubender Substanzen möglich, keine Verletzungen, keine Spuren, Zeugen, was immer… Schlussendlich steht Wort gegen Wort, wobei ihre

Angaben und Erinnerungen als, erlauben sie mir den Ausdruck, wenig aussagekräftig zu bezeichnen sind, da sie sich an den Großteil des Abends nicht mehr erinnern. Entschuldigen sie mir die Frage, aber wie kommen sie eigentlich darauf, überhaupt missbraucht worden zu sein?"

Eva erkannte sofort, dass Kathi am Ende ihrer Kräfte und innerlich bereits den Heimweg angetreten hatte, da sie abwesend und gedankenverloren zu Boden starrte, sodass Eva stattdessen antwortete: „Lieber Kommissar Erdogan, jetzt verstehen sie mich nicht falsch, aber vielleicht wäre es ratsam, eins und eins zusammenzuzählen. Eine junge, attraktive Ärztin wird von ihrem Vorgesetzten unter einem Vorwand in dessen Wohnung gelockt, um kurz nach dem Eintreffen in ein erinnerungsloses Nichts abzutauchen, aus dem sie erst am nächsten Vormittag wieder erwacht. Hallo! Was wird da wohl passiert sein ?" Nach einer kurzen, wirkungsvollen Kunstpause spielte sie ihren größten Trumpf aus:" Und das eine sage ich ihnen, auch ich kenne Professor Bernhard bedauerlicherweise näher und ich weiß, wovon ich rede."
„Könnten sie vielleicht etwas klarer werden, was ich bis jetzt gehört habe, reicht mit Sicherheit nicht für polizeiliche Erhebungen gegen eine in dieser Stadt wohlangesehene, renommierte Person des öffentlichen Lebens", resümierte der langsam ungeduldig werdende Polizeikommissar.
„OK, können sie haben", antwortete Eva mit kräftig geröteten Wangen und fiepsig werdender Stimme,"diese wohlangesehene Person des öffentlichen Lebens, von der sie sprechen, ist mit Sicherheit der perverseste Sexualpartner, auf den ich im Rahmen meiner nicht

geringen Erfahrungen zurückblicken kann. Bitte, ersparen sie mir weitere Einzelheiten. Ich habe eine Zeitlang darüber hinweggesehen, weil ich mir eingebildet habe, dass ich ihn liebe, aber der Typ ist einfach nur superkrank und ich bete täglich zu Gott, dass mir ein gemeinsames Leben mit diesem Scheißkerl erspart geblieben ist." In Gedanken ergänzte Eva, „meinem Baby und mir erspart geblieben ist", aber um die Sache nicht weiter zu verkomplizieren und um ihr ungeborenes Kind zu schützen, verschwieg sie die Fortsetzung.
„Hmmm,..." Kommissar Erdogan kratzte sich, in Gedanken versunken, am Hinterkopf und antwortete dann zögerlich:"Na ja, was solls….vielleicht begebe ich mich in die rue de la caque und viel ist es echt nicht, aber ich werde sehen, was sich machen lässt. Ich werd einfach mal meine Fühler ausstrecken und kann definitiv nichts versprechen. Falls ich fündig werden sollte, melde ich mich bei ihnen, falls nicht, ersparen sie mir bitte weitere Konsultationen." Damit war das Gespräch für Kommissar Erdogan offensichtlich beendet, er drückte beiden zum Abschied die Hände und trottete in Gedanken versunken von dannen. Kathi, die mit Ausnahme ihrer löchrigen Schilderung, während der gesamten Zeit kein einziges Wort herausgebracht hatte, neigte sich zu Eva, drückte sie mit aller Kraft an ihre Brust und hauchte ein leises:"Danke." Intuitiv spürte sie, dass es der richtige Schritt gewesen war, zur Polizei zu gehen, aber sie hätte die Kraft dazu niemals aufgebracht. Jetzt, wo der Schritt getan war, wusste sie, dass noch weitere folgen mussten, damit sie ihr Leben wieder in die eigenen Hände bekam. Aber sie war fest entschlossen, den eingeschlagenen Weg fortzusetzen und ihr Leben konsequent aufzuräumen.

*38
Die mit bunten Buchstaben-Graffiti verzierte Eingangstür des alten Zinshauses im Nuttenviertel des zweiten Wiener Gemeindebezirkes ließ sich mit leichtem Druck knarrend öffnen und gab Einblick in eine total versiffte Eingangshalle. Sämtliche an der Wand befestigten Postkästen waren aufgebrochen, sodass die Türchen im Zugwind hin- und herschwenkten. Am Boden fanden sich zunächst unerklärliche Schleifspuren in Richtung Innenhof, vermutlich wurden sie jedoch durch erschöpfte Hausbewohner verursacht, die ihre Müllsäcke kraftlos hinter sich herschleiften. Die ohnehin einfach gehaltene Lampenfassung war mittels gezieltem Steinschlag für immer außer Gefecht gesetzt worden und eine bewusstseinstrübende Duftmischung aus frittiertem Fett, gerösteten Zwiebeln und banalem Kanalgeruch raubte Kathi den Atem. Von einem Moment auf den anderen tauchte ein kleines, türkisches Mädchen, aus dem Stiegenhaus springend, auf. Ein dickes, rosa Haarband versuchte vergeblich die wilden Korkenzieherlocken zu bändigen und riesige, mandelförmige, kohlrabenschwarze Augen studierten die Fremde. Kurz blieb sie stehen, um sich Klarheit zu verschaffen:"Und wer bist du jetzt?" Die kurze, klärende Antwort Kathis schien mehr als auszureichen, da sie, ohne weiter Notiz zu nehmen, im nächsten Augenblick auf die Gasse verschwand.

Kathi blickte ihr lächelnd nach, bevor sie eilig den Eingangsbereich durchquerte, um im Innenhof auf eine weitere olfaktorische Reizüberflutung zu treffen. Niemand machte sich in diesem Haus offenbar die Mühe, die Müllsäcke in den dafür vorgesehenen Tonnen zu entsorgen. Achtlos hingeworfene Nahrungsreste verteilten sich mit einer gewissen Systematik über den gesamten Boden, verströmten einen intensiven Aasgeruch und boten den nächtlich herbei strömenden Ratten mit Sicherheit einen reich gedeckten Tisch. Durch den kesselartigen Lichthof drang nur wenig Licht nach unten, sodass Kathi vorsichtig, die widerlichen Müllreste umschiffend, nach dem Eingang der Souterrainwohnung suchte. Auf einem Fensterbrett im zweiten Stock brütete eine grauweiß gesprenkelte Taube und gurrte beruhigend ihrem unter den Brustfedern hervorlugenden Küken zu, worauf dieses ein zufriedenes Fiepsen von sich gab.

Kathi hatte sich dazu entschlossen, in ihrem Leben Klar Schiff zu machen und war dabei, dies konsequent durchzuziehen. Ein wesentlicher Teil davon war, sich mit Mirko Jovanovic in Verbindung zu setzen, um ihm, spät aber doch, ihr ehrliches Beileid auszusprechen. In der alten Krankengeschichte seiner Mutter fand sie die Wohnadresse, an der sie und ihr Sohn gemeldet waren. Kathi hatte natürlich gewusst, dass sie sich nicht gerade in die feinste Adresse von Wien begab, war dann aber doch von der tristen Schäbigkeit der Verhältnisse überrascht. Mit größter Vorsicht tastete sie sich langsam die glitschigen Stufen zur Souterrainwohnung hinunter, immer darauf Bedacht nehmend, nur oberflächlich zu atmen, da sie ansonsten mit Sicherheit das Bewusstsein verloren hätte. Am Fuß der Treppe angekommen, klopfte sie zurückhaltend an der mit dicken Eisengittern gesicherten Eingangstüre.

Am beleuchteten Fenster der Wohnung hatte sie erkannt, dass jemand zu Hause war. Nach einigen Momenten wurde die Türe tatsächlich von Mirko Jovanovic

geöffnet, der sie mit überraschtem Gesichtsausdruck sofort erkannte und danach freundlich begrüßte:" Frau Doktor ?! Was machen sie denn hier? Kommen sie doch weiter. Darf ich ihnen etwas anbieten ? Vielleicht einen Sliwowitz ? Nein, nur Spaß, ein Kaffee?"
Kathi betrat zögerlich die winzige Garconniere. Im auf einen Blick überschaubaren Inneren befand sich lediglich ein Tisch mit gerade zubereitetem Dosengulasch, davor eine pepita-gemusterte Ausziehcouch, die als Sitz- und Schlafgelegenheit herhalten musste, sowie ein improvisiert-zusammengezimmertes Regal, auf dem sich das Nötigste türmte und eine elektrische Kochplatte, deren oranges Glühen den Raum erhellte. Im Hintergrund des Raumes fand sich ein mit Dauerkerzen beleuchteter Altar mit schwarz gerahmten Fotografien seiner Mutter und mehrere Jesusbild, die den Kreuzweg darstellten, beides mit Marienketten, Plastikblumen und umfunktioniertem Weihnachtsschmuck dekoriert.

In Anbetracht der fortdauernden Trauer des Sohnes wurde Kathi unsicher, ob sie sich mit der bevorstehenden Aufgabe nicht zuviel vorgenommen hatte. Höflich bedankte sie sich für den in aller Eile zubereiteten Instant-Kaffee und nahm auf der Couch Platz, um sich passende, einleitende Worte zu überlegen. „Herr Jovanovic, ich wollte eigentlich schon sehr lange bei ihnen vorbeikommen, um ihnen mein aufrichtiges Beileid zum Ableben ihrer Mutter auszusprechen. Leider habe ich nicht früher den Mut dazu aufgebracht, mir ist die ganze Situation zu viel geworden. Unabhängig vom bevorstehenden Gerichtsprozess ist es mir ein echtes Anliegen, mich bei ihnen für den Tod ihrer Mutter zu entschuldigen. Vielleicht trifft mich doch eine gewisse

Mitschuld und ich hätte ihren Tod verhindern können, aber sie müssen mir glauben, dass ich nach bestem Wissen und Gewissen gehandelt habe."
Mirko Jovanovic saß ihr gegenüber auf einem klapprigen Campingstuhl und sah sie mit großen, fragenden Augen an:"Liebe Frau Doktor Goldblum, das weiß ich doch und ich find das auch sehr nett von Ihnen, aber, verdammt nochmal, was für ein Prozess?"

Kathi war sich im ersten Moment, nicht ganz sicher, ob sie verarscht wurde, ein einziges großes Fragezeichen stand ihr ins Gesicht geschrieben, als sie, einer Idiotin gleich, stockend antwortete:"Na ja, der Prozess eben, Körperverletzung mit tödlichem Ausgang? Kunstfehler? Ihre Vergeltung für den Tod ihrer Mutter." Mirko schnalzte abwehrend mit der Zunge, bevor er beschwichtigend fortsetzte:"Liebe Frau Doktor, ich hab gesehen, wie fürsorglich sie sich um meine Mutter gekümmert haben, ihr täglich Mut zugesprochen haben, sie mit Scherzen bei Laune gehalten haben. Nie im Leben würde ich ihnen einen Vorwurf machen, geschweige denn eine Klage einreichen. Ja, im ersten Moment war ich unendlich traurig, wütend, und ich hab mich in meiner Verzweiflung über die Patientenanwaltschaft beschwert. Meine Mutter war alles für mich, und ich alles für sie. Ich weiß, das hört sich komisch an, aber das Leben hat uns zusammengeschweißt, wir mussten viel durchmachen, haben uns nach der Trennung meiner Eltern alleine durchschlagen müssen. Sie fehlt mir so und der Schmerz wird von Tag zu Tag größer. Ich weiß noch immer nicht, wie ich jemals über ihren Tod hinwegkommen soll."

Kathi brauchte einige Minuten, um das soeben Gehörte zu verdauen. Keine Klage, keine Körperverletzung mit tödlichem Ausgang, alles nur fake! Wie ein Kartenhaus stürzten die Ängste und Sorgen der vergangenen Wochen in sich zusammen und an deren Stelle rückte eine ungeheure Wut auf den Organisator dieser ungeheuerlichen Schmierenkomödie, Fuck you, where ever you are! Über alle Maßen erleichtert, ließ sie ihren Gefühlen freien Lauf, dicke Tränen suchten und fanden ihren Weg über Kathis Wangen. Überwältigt vom unerwarteten, dafür umso heftigeren Gefühlsausbruch umarmte und drückte sie Herrn Jovanovic, der die überkochenden Emotionen auf die mitfühlende Trauer von Frau Doktor Goldblum zurückführte und ebenfalls zu weinen begann.

Noch lange saßen die beiden zusammen und unterhielten sich über die verstorbene Mutter. Mirko erzählte Geschichten seiner ex-yugoslawischen Jugend, der durch die Kriegswirren bedingten Trennung seiner Eltern, die Lebenslust seiner Mutter, die das ganze Jahr lang als Putzfrau schuftete, um im Sommer in Belgrad drei Wochen die Seele baumeln zu lassen und ihre Familie zu besuchen. Kathi wiederum erzählte aus ihrem Leben und weit über Mitternacht beschloss sie, nun doch Sliwowitz-beschwipst, den Heimweg anzutreten.

*39
Zum ersten Mal seit langer Zeit fühlte sich Kathi leicht und unbeschwert, sie hatte das aufbauende Gefühl, zumindest in der kürzeren Vergangenheit, einige Dinge richtig gemacht zu haben. Mit dieser neuen Selbstsicherheit deckte sie sich die folgenden Tage mit Arbeit ein, um die angesammelten Aufgaben abzuarbeiten. Nachdem sie sich einen sicheren Überblick über die Station verschafft hatte und den Schwestern damit signalisierte, dass sie mit voller Kraft zurück war, diktierte sie eine Unmenge an Arztbriefen und begann die längst fällige Überarbeitung der Therapieleitlinien ihrer Abteilung. Am Wochenende hatte sie das befriedigende Gefühl, wieder in ihrem Beruf, den sie noch immer über alles liebte, angekommen zu sein.

Zu Hause angekommen, entschloss sie sich, die anstrengende Arbeitswoche in ihrer Badewanne ausklingen zu lassen, wie immer extraheiß und extra viel Schaum. Auf dem Badewannenrand sortierte sie eine Schale Erdnusslocken, eiswürfelgekühlte Zitronenlimonade und ließ ihren Lieblings-chill-out DJ-mix online über ihren Laptop laufen. Nachdem sie vorsichtig ins Wasser geglitten war und kurz bevor sie sich von der Außenwelt verabschiedete, klingelte ihr Handy mittels am Vortag heruntergeladenem „Please, Mister Postman"-Klingelton. Unentschlossen, ob sie das Gespräch annehmen sollte, zögerte sie einige Momente, bevor sie schließlich doch die „Annehmen"-Taste drückte.

Auf ihr kurzes „Goldblum", meldete sich Kommissar Erdogan, der sich für die späte Störung entschuldigte, aber aufgrund der Dringlichkeit auf einem sofortigen

Gespräch bestand: „Liebe Frau Doktor, wie versprochen, hab ich mir ihren Professor Bernhard mal genauer angeschaut und bin bei meiner Recherche auf einige Ungereimtheiten gestoßen. Letztes Jahr hatten wir bereits zwei Meldungen von ukrainischen Prostituierten, die eine Anzeige erstatteten, nachdem der sexuelle Kontakt mit ihrem Chef, sagen wir mal, „aus dem Ruder" gelaufen ist und es bei den Frauen zu beträchtlichen Verletzungen gekommen ist. Auffälligerweise wurden die Anzeigen einige Tage später zurückgezogen, aber aufgrund der hässlichen Pfählungsverletzungen im Scheidenbereich waren wir trotzdem dazu gezwungen, Ermittlungen durchzuführen. Bedauerlicherweise waren die beiden Mädchen wie vom Erdboden verschluckt. Im Milieu hieß es, sie hätten einen reichen Gönner gefunden und seien zurück nach Kiew gegangen. Auf jeden Fall mussten wir den Fall zu den Akten legen, bis zu dem Zeitpunkt, an dem sie ins Spiel gekommen sind, sodass wir jetzt genügend Material für eine Hausdurchsuchung zusammen hatten."

Kathi kämpfte kurz gegen die aufkommende Übelkeit, bevor sie knapp antwortete: "Und? Haben sie etwas gefunden?"
„Langsam, langsam, lassen sie mich der Reihe nach erzählen. Zunächst war er in höchstem Maße überrascht, als wir vor seiner Tür standen. Nachdem er uns gleich unter „Zeter und Mordio" mit seinem Rechtsanwalt bedroht hatte, gab er sich dann doch kooperativ, als wir eine Verhaftung wegen „Widerstand gegen die Staatsgewalt" in den Raum stellten. Natürlich haben wir in der Wohnung rein gar nichts gefunden, sodass wir uns schließlich zurückzogen, nicht ohne zuvor die Festplatte

seines PCs zu konfiszieren. Liebe Frau Doktor, sie
können sich nicht vorstellen, wie er sich dagegen gewehrt
hat. Eine Mutter, die um ihr Baby kämpft, ist nichts
dagegen".

Komissar Erdogan holte kurz Luft für das nun kommende
„dicke Ende":"Na ja, was soll ich sagen, zusammengefasst haben wir den guten Herrn Professor „am Arsch".
Ohne jegliche Verschlüsselung fanden wir neben ihrer
Vergewaltigung fünf weitere Fälle, fein säuberlich
dokumentiert und wie in einem Fotoalbum mit kurzen,
zynischen Texten beschriftet, daneben die online-
Bestellung für Gamma-Hydroxybuttersäure, unzählige,
illegale Hardcore-Pornos der übelsten Art und Weise, et
cetera, et cetera. Das reicht für mehrere Verurteilungen,
leider haben wir jetzt ein anderes Problem, weswegen ich
sie so spät kontaktieren muss."

„Was für ein Problem?", fragte Kathi, nun um einiges
blasser als zuvor.
„Wie soll ich sagen, Frau Doktor, das ist mir jetzt mehr
als peinlich, aber die Aufarbeitung der Festplatte hat
doch etwas Zeit benötigt, sie wissen schon, dünne
Personaldecke, steigender Arbeitsaufwand, neues
Computerprogramm... Auf jeden Fall hat Doktor
Bernhard die Zeit dazu genützt, seine Konten
abzuräumen und sich mit dem nächsten Flieger nach
Bangkok abzusetzen, wo er sich jetzt vermutlich gerade
eine neue Identität zusammenbastelt, sodass wir unter
enormen Zeitdruck stehen. Ich muss morgen einen
internationalen Haftbefehl ausstellen, weswegen ich noch
einige Einzelheiten von ihnen bräuchte. Könnten sie
morgen um acht Uhr in mein Büro kommen?"

Nachdem sie kurz zugesagt hatte, verabschiedete sich der Kommissar und Kathi sank, das soeben Gehörte langsam verdauend, zurück in ihr Badewasser. In diesem Moment realisierte Kathi, dass ihr alles zuviel wurde und sie dringend eine Auszeit von Wien und allem drumherum brauchte.

*40
Nach den Turbulenzen der letzten Wochen hatte Kathi den Urlaubszettel mit den nächsten drei Wochen ausgefüllt, die zugleich der verbleibende Resturlaub dieses Jahres waren. Als Fluchtdomizil wählte sie ihr altes Lieblingsquartier am Grundlsee, eine urtümlich eingerichtete, dafür umso gemütlichere Urlaubswohnung in einem alten, abgelegenen Ausseer Bauernhaus, deren absoluter Höhepunkt eine fantastische Holzveranda mit Blick über den gesamten See darstellte. Sie liebte diesen Ort, wie keinen anderen. Sobald sie die letzte Kurve der Bundesstraße mit ihrem kleinen, schwarzen Flitzer entlangschnitt und sich der smaragdgrüne See vor ihren Augen auftat, wusste sie, dass sie in eine andere Welt eintauchte; eine Welt, in der sie den ganzen Alltagsstress von Wien hinter sich ließ und die Uhren, wie von Zauberhand gelenkt, mit einem Mal ein bisschen langsamer gingen, sodass sie unwillkürlich den Fuß vom Gas nahm.

Täglich spazierte sie einen schmalen Weg durch eine in allen Farben blühende, fantastisch duftende Blumenwiese, um sich beim Greißler im Ort die Tageszeitung und die nötigen Lebensmittel zu besorgen. Wenn sie es nicht so genießen würde, empfände sie die berauschende Schönheit der umliegenden Berge, den glasklaren See und den wolkenlosen Himmel mit Sicherheit als kitschig. Das wusste natürlich auch der korpulente Greißler, der mit jeder Faser seines Körpers ausstrahlte, dass er es bei dieser Umgebung nicht auch noch nötig hatte, freundlich zu sein. Im Anschluss an ihren täglichen Morgenspaziergang bereitete sie sich ein opulentes Frühstück, das sie auf ihrer gnadenlos schönen

Veranda genoss. Mit Blick auf den vor ihr liegenden See, der sich sanft im Wind kräuselte und in dem sich die langsam stärker werdende Sonne glitzernd spiegelte, klinkte sie sich komplett aus dem zurückliegenden Wahnsinn aus, um schlicht und einfach wieder zur Ruhe zu kommen.

Bevor sie ins sogenannte Ausseerland gebraust war, hatte sie dem Kommissar, wie vereinbart, so gut sie konnte, Auskunft gegeben, ihre Aussage wurde protokolliert und dann mit ihrer schwungvollen Unterschrift signiert, womit die Angelegenheit, zumindest fürs erste, erledigt schien. Drei Tage zuvor hatte sie ihr Versprechen, Eva bei der Geburt ihres Babys zu begleiten, wahrgemacht. Nachdem Eva sie mit den Worten „Kathi, ich glaub, es ist soweit" aus dem Schlaf und so schnell sie konnte, zu sich geholt hatte, waren sie mit einem panischen Rettungsfahrer durchs schlafende Wien gedüst. Unwirklich blaue Lichtblitze durchzuckten die nächtlichen Straßen, ließen die letzten betrunkenen Nachteulen zur Seite torkeln, um eine auf der Krankenliege wimmernde, sich vor Schmerzen windende Eva auf schnellstmöglichem Weg ins nächstgelegene Krankenhaus zu bringen. Eine entzückend fürsorgliche, philippinische Hebamme namens Rosy nahm die regelmäßig zusammenzuckende Eva in Empfang. Trotzdem dauerte die Geburt noch mehrere Stunden, bis eine völlig erschöpfte, schweißdurchnässte Eva, ihr kleines, gesundes Mädchen auf die Welt brachte. Kathi hatte die ganze Zeit versucht, Eva eine Stütze zu sein, sie zu trösten und zu halten, war sich jedoch mehr als unsicher, ob sie wirklich etwas zum Gelingen beigetragen hatte. Trotzdem war sie nahezu genauso erschöpft, wie die glückliche Mutter, als der erste, kräftige Schrei des Babys die Uhren zum Stehen brachte. Es war ein magischer Moment, der alles übertraf, was Kathi jemals erlebt hatte.

Dieses kleine, brüllende Etwas war so einmalig, dass Kathi in einem Winkel ihres Herzens neben dem überwältigenden Glücksgefühl einen klitzekleinen Hauch Neid verspürte, als Eva ihr winziges Baby in die Arme nahm. Von einem Moment auf den anderen verstummte das Kind, um zufrieden den gewohnten Herzschlag, den vertrauten Geruch und die sanfte Stimme der Mutter wahrzunehmen. „Meine süße, kleine Carla, endlich, das ist der glücklichste Tag meines Lebens", brachte die völlig entkräftete Eva noch heraus, um sich gleich darauf an Kathi zu wenden „Liebste Kathi, das werd ich dir nie vergessen. Danke, ich weiß nicht, wie ich das je wieder gutmachen kann, aber ich werde für dich da sein, wann immer du mich brauchst." Unmittelbar darauf war sie mit ihren Kräften am Ende und mit dem Baby im Arm eingeschlafen. Kathi gab ihrer Freundin noch einen sanften Kuss auf die Stirn und verabschiedete sich mit einem kurzen „Du warst für mich da, das werde ich nie vergessen", um leise die Tür des inzwischen vertrauten Kreißsaales hinter sich zu schließen und bereits am nächsten Tag dem geografischen Mittelpunkt von Österreich entgegenzusteuern.

Nachdem die interne Abteilung mit dem unvorhergesehenen Ausfall des Primars, sowie des ersten Oberarztes implodiert war, wurde sie provisorisch von der chirurgischen Abteilung übernommen und vorerst nur mehr ein minimaler Restbetrieb aufrechterhalten. Insofern war es ein optimaler Zeitpunkt für Kathi das

Weite zu suchen und wie immer zog es sie unwiderstehlich ins Ausseerland. Dort gab es zwei Möglichkeiten, entweder es goss rund um die Uhr in Strömen, wobei die Bezeichnung „Schnürlregen" eine unverschämte Untertreibung des Sauwetters darstellte, oder man genoss die heißesten, klarsten Tage, die einem Österreich bieten konnte. Dementsprechend hatte Kathi ausreichend Lesestoff mitgenommen, sodass sie beiden Möglichkeiten gelassen entgegensah. Nichtsdestotrotz meinte es der steirische Wettergott gut mit ihr, tagsüber trübte keine einzige Wolke den strahlenden Himmel, nachtsüber wurde der See von einer prachtvollen Decke glitzernder Sterne bedeckt.

Kathi genoss die Zeit in vollen Zügen und es gelang ihr erstaunlich leicht, die zurückliegenden Ereignisse beiseite zu schieben und in den Tag hinein zu leben. Sie verschlang den neuesten Bestseller von Gerti Gold, sie liebte die verstrickt aufgebauten Familiengeschichten, bei denen ein Geheimnis nach dem anderen aufgedeckt wurde und den Leser ein stets überraschendes Ende verblüffte. Zum ersten Mal seit langem konnte sie bis in den Vormittag ausschlafen, ohne von grauenvollen Albträumen aus dem Schlaf gerissen zu werden. Sie erfrischte sich am, auch im Hochsommer knapp an der Schmerzgrenze befindlichen, eiskalten Seewasser, lief regelmäßig den Rundweg um den Grundlsee, wanderte zum Albert Appel-Haus, um mittels deftiger heimischer Köstlichkeiten die verbrannten Kalorien wieder aufzutanken, spazierte abends zu ihrem Lieblingsfischlokal in Gössl, wo sie sich die vorzüglich zubereitete Forelle auf der Zunge zergehen ließ. Mit einem Wort, sie lebte, wie ein Gott in Frankreich, bis zu dem Moment, in dem ihr Handy in ihrer Badetasche vibrierte.

Eigentlich hatte sie zunächst ihr Handy ganz abschalten wollen, tat dies dann aber doch nicht, um für ihre Mutter erreichbar zu bleiben. Einigermaßen verärgert, kramte sie ihr smartphone hervor, um beim Blick auf das Display zur Salzsäule zu erstarren. Diese Nummer würde sie ihr Leben lang nicht vergessen, auch wenn sie den dazugehörigen Namen seit langer Zeit aus ihrem Telefonbuch gelöscht hatte. Nachdem sie einige Sekunden gezögert hatte, Sekunden, in denen ihre Gedanken Amok liefen, drückte sie schließlich doch die „Annehmen"-Taste und gab ein tiefgefrorenes „Goldblum" von sich.

*41
„Naughty dental assistant sucks and fucks, japanese nurse sucking patients cock, beautiful doctors assitant Polly…", die zugegebenermaßen einseitige Pornoseitensuche von Tom startete auf seinem mit rotem Samt bezogenen Riesensofa, das er extra von einem bekannten Designer aus Italien bestellt hatte, nachdem er erschöpft von mehreren Baustellenbesuchen, bei denen er nach dem Rechten gesehen hatte, nach Hause gekommen war. Ja, er hatte es beruflich geschafft, war Teilhaber in einem mittelgroßen Architekturbüro und konnte nach den langen, dürren Studienjahren über keinerlei Geldsorgen klagen. Er hatte sich eine schicke Eigentumswohnung in der Innenstadt zugelegt, wo ihm nahezu im Monatstakt wechselnde Liebschaften das Leben versüßten. Der Besuch von Pornoseiten hatte für ihn eher rituellen Charakter im Rahmen seines Entspannungsprogrammes, das er gerne startete, wenn er sich dazu entschloss, den Abend gemütlich zu Hause zu verbringen.

Zunächst begab er sich in seine stylische, hochmoderne Küche, die alle Stückchen spielte, um sich ein saftiges Steak mit Bratkartoffeln zuzubereiten, gleichzeitig kühlte er eine gute Flasche Sauvignon Blanc ein, die er bei seinen regelmäßigen Südsteiermarkbesuchen besorgt hatte. Nachdem er alles auf dem Couchtisch arrangiert hatte, ließ er mehr aus Gewohnheit als aus Scham die Rollos herunter, legte eine uralte Doors-CD auf, um kurz darauf sein nagelneues Tablet zu starten und ins Internet einzusteigen. Tom entschied sich für einen stimulierenden Hentai-Zeichentrickporno, in dem eine kesse, zunächst ausgesprochen schüchterne, japanische Germanistikstudentin mit dicker Hornbrille von einem vor Geilheit triefenden, dickbäuchigen Zugkontrollor verführt und dann nach allen Regeln der asiatischen Liebeskunst in der grindigen Bahntoilette durchgefickt wurde.

Nachdem sich Tom stilgerecht und mit allem erforderlichen körperlichen Einsatz einen heruntergeholt hatte, setzte er sein begonnenes Abendessen fort. Er fühlte sich wie Marc Anton, wie er hingegossen auf seiner Couch in sein blutig-saftiges Fleischstück biss, von Zeit zu Zeit liebte er es einfach über alle Maßen, alleine seine Abende zu genießen. Auch der gelegentliche Genuss von Pornos hatte für ihn keinen Stellenwert. Das einzige, was ihm Sorgen bereitete, war, dass er im Gegensatz zu früher, diese Pornos zur Anregung seiner Fantasie wie einen Bissen Brot benötigte. Wenn er sich erotische Situationen in seinem Kopf ausmalte, tauchte mit beängstigenden Penetranz Kathi in seinem Kopf auf und genau das hatte er über lange Zeit zu vermeiden versucht. Obwohl sie jetzt seit über 3 Jahren getrennt waren, schaffte er es nicht, Kathi aus seinem Kopf zu eliminieren, nach wie vor war sie der Inbegriff jeglicher erotischer Vorstellung und das bereitete ihm doch einiges Kopfzerbrechen.

Kathi war die Frau seines Lebens, die ihn nach wie vor, wie keine andere stimulierte, die ihm einfach fehlte. Sie hatten so viele schöne Dinge gemeinsam erlebt, aber vor allem wurde ihm zunehmend bewusst, dass sie noch viel mehr hätten erleben können. Und genau dieses „hätten erleben können" hakte sich tief in seinem Kopf fest und tauchte mit beängstigender Regelmäßigkeit aus den Tiefen seiner Gedankenwelt an die Oberfläche. Wie sonst auch versuchte Tom diese belastenden Gedanken zu verdrängen, aber er hatte die Rechnung ohne Kathi und vor allem ohne ihre wundervolle Muschi gemacht, die ihm einen Strich durch die Rechnung machten und die eben konsumierten Zeichentrickpornos als absolut lächerlich erscheinen ließen.

Von einem Moment auf den anderen fasste Tom einen folgenschweren Entschluss, er fingerte nach seinem hypermodernen, koreanischen Alleskönnerhandy, wählte, ohne weiter nachzugrübeln, die altbekannte Nummer, die sich wohl für alle Zeiten in seine vergesslichen Gehirnwindungen gegraben hatte. Das kurz angebundene „Goldblum" ließ ihn nochmals unsicher werden, war es denkbar, dass Kathi seine Nummer auf ihrem Display nicht mehr erkannte, dass sie ihn und seine Nummer für immer gelöscht hatte, hatte sie ein anderer in ihrem Kummer selbstlos getröstet und war in ihrem Herzen an seine Stelle getreten? Solche und ähnliche Gedanken schossen im Bruchteil einer Sekunde durch seinen Kopf, bevor er zögerlich, verlegen antwortete:„Hi, Kathi, echt schön, deine Stimme zu hören. Ich würde alles dafür geben, mit dir auf einen Einspänner ins Cafe Heine zu gehen."

*42

„Please take your seat now and fasten your seat belt!", die bestimmte Durchsage der Chef-Stewardess schreckte Max aus seinem fiebrigen Dämmerschlaf und er benötigte einige Minuten zu realisieren, dass er sich im Landeanflug auf den International Airport Bangkok befand. Endlose Reisfelder halfen ihm auf die Sprünge. In Zeitlupe fügten sich die entsprechenden Puzzlesteinchen des überstürzten Asienfluges zusammen, klarten die näheren Umstände aus einem dichten Valium- und Kokainnebel auf. Verdammt, wie konnte er in eine derart beschissene Situation geraten? Wie war es möglich, dass ihm die Polizei auf die Schliche gekommen war? Diese verfickte Festplatte war die einzige Schwachstelle in seinem perfekten Plan gewesen, aber wie hätte er ahnen können, dass auf einmal dieser Kümmeltürke mit einem Durchsuchungsbefehl auf seiner Türmatte stand. Aber, sei es drum, nun musste er das Beste aus seiner unbequemen Lage machen. In aller Eile hatte er alles zu Geld gemacht, was sich auch nur irgendwie anbot, seine Uhren, sein Auto, die Sparbücher aufgelöst und das Spendenkonto des von ihm gegründeten Vereins für angeborene Gerinnungsstörungen abgeräumt.

Nachdem er notdürftig das Gröbste zusammengerafft hatte, entwarf er einen ausgeklügelten Fluchtplan. Seine Reise sollte zunächst nach Bangkok gehen, um dann für einige Monate in Krabi unterzutauchen. Mit Sicherheit würden sich einige Beschäftigungen finden, mit denen sich der unfreiwillige Aufenthalt versüßen ließe. Außerdem hatte er auf einem Kongress einen bekannten plastischen Chirurgen kennengelernt, der in dieser

Gegend aufsehenserregende operative Eingriffe vornahm. Mit dessen Hilfe würde er sein Äußeres komplett verändern und mit den entsprechenden Papieren könnte er eine neue Identität kreieren. Für die Reise organisierte er eine ausgiebige Ration Kokain, von der er sich unmittelbar nach dem Abflug aus Frankfurt in der Flugzeugtoilette großzügig bediente.

Nachdem er vor seiner Abreise doch einigermaßen unter Druck geraten war, pulverisierte sich diese Spannung mit dem Aufziehen der ersten Line. Er liebte diesen ultimativen Kick, der ihn in luftige Höhen schoss, wo ihn ein wohliges Gefühl der Wärme empfing. Nichts konnte ihn bremsen, supermangleich meinte er über überirdische Kräfte zu verfügen. Euphorisch, mit sich und der Welt im Reinen, kehrte er an seinen Platz zurück und ließ sich in seinen Luxussessel der Business Class der deutschen Airline fallen. Wenn da nur nicht diese widerlichen Asseln wären, die sich quer über seinen Rücken ihren Weg zu seinem rechten Schulterblatt suchten, unter seiner Haut ihre Kanäle gruben und einen fürchterlichen Juckreiz verursachten. Max versuchte sich abzulenken, indem er mit entseeltem Blick auf den Bildschirm im Vordersitz starrte. Dort zuckelte ein pummeliges, verwirrt und ziellos wirkendes Biene-Maja Imitat mit unübersehbarem Damenbärtchen auf einer psychedelisch bunten Blumenwiese von Blüte zu Blüte, um sich an deren süßem Duft hemmungslos zu betäuben, worauf die riesigen, sich spiralig drehenden Glubschaugen vollends außer Kontrolle gerieten. Immer wieder wurde das Bild von einer elektrisch surrenden, wild zuckenden Störung unterbrochen, wobei sich Max das Stellen der Frage verbot, ob dies auch von den anderen Passagieren wahrgenommen wurde oder ob ihm außerirdische Aliens geheimnisvoll verschlüsselte Botschaften zukommen ließen. Dann tauchte wieder diese durch und durch, lächerliche Comic-Biene auf, die sich an einem besonders farbenfrohen Blütenblatt in die Lüfte und, gleich einem Torpedo, durch eine rosarote, fluffige Zuckerwattewolke schoss. Oben angelangt beschloss die durchgeknallte Honigbiene, sich den Bauch mit dem ausreichend vorhandenen Eisschnee vollzuschlagen, um mit der zwingend folgenden Übelkeit ihren Mageninhalt in hohem Bogen auf die Erdoberfläche zu reihern.

Nachdem sein Interesse an verqueren, unverständlichen Kinderprogrammen rasch nachgelassen hatte, widmete er sich dem unter dem Rock hervorlugenden Strumpfband der brünetten Stewardess, die offensichtlich an ihm Gefallen gefunden hatte. Mehrfach rief er sie zu sich, um ihr im Rahmen sinnloser Bestellungen, den Hof zu machen. „Woher kommen sie, sind dort alle Mädchen so hübsch wie sie?" „Haben sie einen Freund?", waren die noch harmlosen Wortmeldungen. Nachdem die schöne Unbekannte allerdings beschlossen hatte, die Unnahbare zu spielen und ihm offenkundig die kalte Schulter zeigte, beschloss er die Sache forscher anzugehen. Auf einem kleinen Zettelchen, das er aus seiner Tasche kramte, kritzelte er in krakeliger Schrift:"500 Euro für einen blow job?" und schob ihn der Stewardess zu. Diese warf ihm einen stirnrunzelnden Blick zu und verschwand im Cockpit. Keine Minute später baute sich der mächtige, griesgrämige, russische Pilot vor Professor Bernhard auf und sprach in gebrochenem Englisch:"Hands off my crew, otherwise police and prison in Bangkok." Das war so ziemlich das Allerletzte, was Max zum momentanen

Zeitpunkt brauchte, sodass er umgehend den Schwanz einzog und entschuldigend murmelte:"I`m so sorry, there must have been a misunderstanding." Grimmig blickend und russisch vor sich hin schimpfend, zog sich der Kapitän kopfschüttelnd an seinen Arbeitsplatz zurück und Max sank aufatmend in seinen Sitz.

Um kein weiteres Aufsehen zu erregen, versuchte Max zur Ruhe zu kommen und seine Situation zu rekapitulieren. Ja, es war beschissen gelaufen und wie es soweit kommen konnte, blieb für ihn ein Buch mit sieben Siegeln; aber, er hatte genügend Geld beiseite geschafft, um sich eine gediegene Auszeit in einem wunderschönen Land mit fnantastischen Frauen zu nehmen und er durfte jetzt auf gar keinen Fall eine weiteren Fehler machen und in irgendeinem zugekackten, thailändischen Gefängnis landen. Wenn erst ein bisschen Gras über die Sache gewachsen war, würde er mit neuer Identität nach Europa zurückkehren und sich an der kleinen Fotze rächen. Niemals würde er vergessen, was sie ihm angetan hatte. Aber schön langsam, Max, eins nach dem anderen, auf gar keinen Fall dürfte er, wie soeben, ein weiteres Risiko eingehen. Am meisten brauchte er jetzt Ruhe und Schlaf, sodass er umgehend drei Tabletten Valium mit einem großen Schluck Whiskey hinunterspülte und kurz darauf in einen unruhigen Dämmerschlaf fiel.

Gleich einem Mäusebussard segelte er majestätisch durch die Lüfte, nützte die Winde, ließ sich höher und höher treiben. Er beherrschte die thermischen Kräfte, die seinen Flug steuerten, um sich kurz darauf in einen wilden Sturzflug fallen zu lassen, aus dem er sich im nächsten Moment sanft dahingleitend abfing. Sein ganzes Dasein verschmolz mit seinem Flug, nichts konnte ihm der fremdländisch aussehende Jäger anhaben, der aus einer darunterliegenden Lichtung seine Schrottladung gegen den Himmel abfeuerte. Niemals würden ihn diese Kugeln erreichen, zu wendig wechselte er die Richtung seines Fluges. Siegessicher segelte er von dannen, um mit einem Mal in einen dichten Schwarm unzähliger kleiner Fliegen zu geraten. Die Fliegen umschwirrten ihn so dicht, nahmen ihm die Sicht und okkupierten seine Atemwege, dass er die Kontrolle über den Flug verlor und sich in einen hilflosen Sturzflug begab. Als er auf den Schwarm zurückblickte, meinte er seinen Augen nicht trauen zu können. Die Fliegen hatten sich für einen Moment zu einem Gesicht formiert. Katharina Goldblum lächelte ihm freundlich zu, um sich im nächsten Moment wutentbrannt auf ihn zu stürzen. Völlig orientierungslos trudelte er dem Boden entgegen, um kurz vor dem Aufprall von der Borddurchsage„Please take your seat now and fasten your seat belt!" unsanft geweckt zu werden.

Aus der Luft ähnelte der International Airport Bangkok Suvarnabhumi einem spacigen röhrenförmigen Raumschiff mit unzähligen spitzen, kleinen „Captain Spock"-Öhrchen. Die letzten Sekunden vor der Landung, ein unsanfter Aufprall mit Einsetzen der Schubumkehr, trotz allem ein erleichtertes Aufraunen unter den Passagieren beim Ausrollen des Jets. Bangkok, einer der größten Flughäfen der Welt, nahm Professor Max Bernhard mit einem Meer an Orchideen und prachtvollen Blumendecks herzlich in Empfang. Eine riesige, elegant geformte Glas-Stahl-Konstruktion, in dessen Inneren endlos lange Rolltreppen die kilometerweit auseinanderliegenden

Gates miteinander verbanden. Max stand, durch eine riesige Sonnenbrille staunend, auf der scheinbar in die Ewigkeit führende Rolltreppe, bewunderte die vorbeiziehenden bunten, riesigen Kunstwerke, die mit reichem Goldschmuck versehenen Buddhastatuen. Grimmige Kriegerstatuen, die sich mit meterlangen Drachen duellierten und ein riesiger, ehrfurchtgebietender Tempelschrein fesselten seine Aufmerksamkeit.

In kraftvolles Rot gekleidete Mönche glitten ihm entgegen, bis er auf der gegenläufigen Rolltreppe eine ihm wohlbekannte Person zu entdecken vermeinte. Das konnte es jetzt aber wirklich nicht geben, knappe, peinlich ausgefranste Bermuda-Hosen, ein in Regenbogenfarben selbst bemaltes Shirt, jahrzehntealte löchrige Espandrillos und ein überdimensionierter Strohhut konterkarierten die goldumrandete Studentenbrille. Es gab keinen Zweifel, er war es, Oberarzt Alfred Birnbacher kam direkt auf ihn zu und sie würden im Bruchteil einer Sekunde aneinander vorbeigleiten. Um diesem ungewollten Aufeinandertreffen aus dem Weg zu gehen, senkte Max seinen Blick und fokussierte auf die Spitzen seiner Maßschuhe. Trotzdem fehlte ihm der allerletzte Rest an Konsequenz, um die Konzentration auf seinem Schuhwerk zu behalten und er blickte wieder auf. Für einen kurzen Augenblick traf sich sein Blick mit dem lebensfrohen, süffisant grinsenden Augenpaar seines ehemaligen Oberarztes, das ihm keck zuzwinkerte.

Ein besonderes Dankeschön an Astrid Ladurner-Mittnik, Elisabeth Steinitz, Ingrid Mittnik, Linda Mittnik, sowie alle, die mir bei der Realisierung meines Buches unter die Arme gegriffen haben.

Impressum:

Lektorat: Dr. Linda Mittnik
Fotografie-Cover: Paul Mittnik

Herstellung und Verlag:
BoD- Books on Demand,
Norderstedt
ISBN 9783734746352